고 싶은
사람을 위한
미스터리 입문

일러두기

국내에 출간된 작품은 한국어판 제목으로, 국내에 출간되지 않은 작품은 원서명을 병기하였습니다.

KAKITAI HITO NO TAME NO MISTERY NYUMON
by ARAI Hisayuki

Original Japanese edition published in 2020 by SHINCHOSHA Publishing Co., Ltd.
Korean translation rights arranged with SHINCHOSHA Publishing Co., Ltd.
through JM Contents Agency Co.

쓰고 싶은
사람을 위한
미스터리
입문

아라이 히사유키 지음
구수영 옮김

내 친구의 서재

들어가며

나는 편집자로서 20년 가까이 신인상 1차 심사를 담당했다. '신초 미스터리 클럽상', '호러 서스펜스 대상', '신초 엔터테인먼트 대상', '신초 미스터리 대상' 등등이다.

몇백 편이나 되는 응모 작품을 읽다 보면 조금 더 재미있게 쓸 수 있었을 텐데 아쉽다는 생각이 들 때가 종종 있다. 그 이유는 '미스터리다운 절차'에 부족함이 있거나, 이른바 '약속'을 지키지 않았기 때문이다.

미스터리는 '암묵의 룰'이 많은 장르다. 그것들은 본래 독서 경험을 통해 자연스레 몸에 배는 법이기에 독학으로 익히기에는 아무래도 시간이 걸릴뿐더러 한계도 있다.

나는 학창 시절, '추리소설 연구회'라는 동아리에 소속되어 있었는데, 그곳에서 선배나 친구들에게 지금까지 당연하게 읽어온 책들을 완전히 새로운 시각으로 읽는 법을 비롯해 많은 것을 배웠다. 그저 혼자 묵묵히 책을 읽었다면 좀처럼 깨닫지 못했을 것들이 많았다.

이 책에서는 미스터리 동아리 활동과 편집자 일을 하는 도중에 깨닫게 된 미스터리의 '약속'을 초보자를 대상으로 알기 쉽게 설명하고자 한다.

문학상 심사 경험을 바탕으로 글을 썼기에 소설가를 꿈꾸는 사람들에게는 다소나마 참고가 될 것이다. 신인상 운영위원회 소속으로서 '이것만은 꼭 알고 있어야 한다'고 생각하는 것도 정리해 보았다.

신인상이라는 구체적인 목표가 있다면 마지막장인 '미스터리 신인상, 집필 및 투고와 선정에 관한 고찰'부터 읽어도 좋다. 이미 전부 알고 있는 내용처럼 느껴질 수 있지만, 분명 몇 가지는 '착각하고 있었던 것'이나 '생각지도 못했던 것'이 있을 것이다.

또한 글을 쓸 생각은 없고 그저 읽는 것만 좋아하는 사람도, 아니, 오히려 그런 사람이야말로 꼭 이 책을 읽어주었으면 한다.

읽는 것과 쓰는 것은 동전의 양면과 같다. 쓰는 이가 특별히 의식하거나 고심한 포인트를 알고 읽을 때 독서의 재미는 비약적으로 향상된다.

바둑이나 장기뿐만 아니라 한 분야의 최고수가 얼마나 강한지 체감하기 위해서는 스스로도 역량이 어느 정도 필요하다. 독서도 마찬가지다. 쓰는 이에 대해 이해하고 미스터리에 대한 기초 체력이 붙으면 같은 작품을 읽어도 어떤 점이 대단하고 어느 부분이 획기적인지 독해력이 눈에 띄게 상승할 것이다.

◈◈◈

본문에 다수의 작품명, 시리즈명을 언급했지만, 처음 나오는 경우에만 굵은 글씨로 표기했다. 또한 단편은 작품명만을 굵은 글씨로 표기하고 단편집의 제목은 그대로 남겨두었다. 스포일러에 관해서는 '막간' 외에는 진상이나 범인에 대해 다루지 않았으므로 부디 안심하기를 바란다.

◈ 1장 ◈

'미스터리'란 뭘까?

'미스터리'란 도대체 어떤 소설을 말할까?
다른 말로는 '추리소설'이나 '탐정소설'로 불리며,
'본격 미스터리'라는 방식으로 부르기도 한다.
'경찰소설' 또한 넓은 의미로는 그 범주에 들어갈 것이다.
지금 넓은 의미라고 말했지만,
한 신인상 모집 요강에는 내용 설명에 '넓은 의미의 미스터리'를 모집한다고
적힌 것을 본 적이 있다.
그 말은 곧 '좁은 의미'의 미스터리도 존재한다는 것일까?
애초에 '미스터리'란 무엇일까? 우선 그 부분부터 짚어 보기로 하겠다.

미스터리의 '세 가지 요소'란?

이럴 때는 우선 사전부터 펼쳐 보는 것이 좋으리라.

[미스터리] ①도저히 설명하거나 이해할 수 없는 이상야릇한 일이나 사건. ②고대 그리스·로마에서 유행한 밀교의 의식. ③범죄 사건에 대한 수사를 주된 내용으로 하며 그 사건을 추리하여 해결하는 과정에 흥미의 중점을 두는 소설.

그럼 추리소설을 찾아보면 어떨까.

[추리소설] 범죄 사건에 대한 수사를 주된 내용으로 하며 그 사건을 추리하여 해결하는 과정에 흥미의 중점을 두는 소설.

이렇게 나온다. 결국 추리소설은 미스터리 항목의 세 번째 의미와 같다. 깔끔하고 간결하게 정리되어 있지만 이것은 어떻게 보면 '범죄소설' 설명에 불과하다. '추리'라는 이름을 내걸고 머리싸움을 즐기는 것에 방점을 둔 '추리소설'에 대한 설명으로 보기에는 부족해 보인다.

그렇다면 여기에 부족한 것은 무엇일까?

그것은 '수수께끼'와 '복선'과 '논리적 해결'이다.

이 책에서는 이 세 가지 요소를 갖추고 수수께끼 풀이의 재미에 주안점을 둔 작품을 가리켜 '미스터리'라고 칭하기로 하겠다.

최초의 추리소설이라고 불리는 작품은 1841년에 발표된 에드거 앨런 포의 **《모르그 가의 살인》**이다.

밀실에서 벌어진 살인 사건을 오귀스트 뒤팽이 단서를 바탕으로 추리, 해결하는 이야기다. 놀라운 점은 이미 밀실, 불가사의한 현장, 의미를 알 수 없는 단서, 개성 넘치는 탐정, 의외의 진상이라는 화려한 요소를 모조리 갖추고 있다는 점이다. 이 작품이야말로 '수수께끼, 복선, 논리적 해결'의 시조격이라 할 수 있다.

뭐니 뭐니 해도 일단은 수수께끼

수수께끼란 '범행의 동기와 방법', '범인'에 관한 것이 대부분이다. 하지만 이런 수수께끼가 너무 평범하거나 너무 명백하게 누군가를 지목한다면 재미가 없다.

'누구일까?', '왜일까?', '어떻게 한 것일까?' 독자는 이런 의문을 품으며 흥미를 느끼게 된다. 수수께끼야말로 미스터리를 견인하는 최대의 동력이다.

그렇기는 하지만 이야기의 큰 줄기가 시종일관 '자, 누가 범인일까'여서는 너무 조잡해서 재미가 없고, 사건이 발생한 무대가 열린 일상 공간이어서는 용의자가 무한대로 존재하게 된다. 읽을 때는 별로 의식하지 않을지 모르지만, 막대한 분모 속에서 '용의자를 한정'하는 것은 실로 무척 어려운 일이다.

이른바 '폭풍우 속 산장', 즉 갑작스러운 태풍으로 산사태가 일어나 산속의 별장이 고립된다. 도와줄 사람을 불러도 길이 막혀 있어서 오지 못한다. 당연히 산에서 내려갈 수도 없다. 심한 경우 전화도 불통이다. 이와 같은 상황을 만드는 이유가 그 때문이다. 그런 와중에 살인사건이 일어나면 범인은 자연스레 그곳에 있는 사람으로 한정된다.

오갈 수 있는 수단이 제한된 망망대해의 외딴섬을 무대로 한 '고도孤島 미스터리'라고 불리는 패턴도 있다. 이 경우에도 태풍과 같은 자연현상으로 인해 본토와의 교통수단이 끊기는 것이 단골 패턴이다.

니거 섬(국내에는 인디언 섬으로도 소개됨-옮긴이)이라는 외딴섬의 저택에 모인 초대 손님이 '열 꼬마 검둥이'라는 동요에 맞춰서 한 명, 또 한 명 살해당하는 애거서 크리스티의 **《그리고 아무도 없었다》**는 드라마와 영화로도 만들어졌으니 알고 있는 사람이 많을 것이다.

용의자는 점점 줄어가는데 범인의 정체는 오리무중이다. 하지만 확실히 그 그림자는 다가온다. 다음으로 죽는 것은 나일지도 모르고, 옆에 있는 사람이 살인자일지도 모른다. 게다가 동요 노랫말에 맞춰 차례대로 벌어지는 범행은 엄청난 공포와 서스펜스를 불러온다.

이렇게 외부와 단절된 공간을 '클로즈드 서클closed circle'이라고 부른다. 유명하고 전형적인 것은 지금 손꼽은 두 가지인데, 그 후에도 '어떻게 기존 작품과 다른 클로즈드 서클을 만들까'는 미스터리의 역사 속에서 중요한 테마가 되었으며, **《샴 쌍둥이 미스터리》**엘러리 퀸부터, 최근에는 **《시인장의 살인》**이마무라 마사히로에 이르기까지 다양한 변형이 탄생했다.

클로즈드 서클까지는 아니더라도 많은 미스터리는 무언가의 형태로 용의자를 한정하고자 한다.

또한 '어떻게 범행을 저질렀는가?', '어째서 이런 일이 벌어지게 된 것인가?'와 같은 불가사의한 상황이나 상식적으로 생각할 수 없는 사건 현장 또한 큰 매력 포인트 중 하나로, '불가능 범죄'라고 불리는 하나의 장르를 쌓아올렸다.

존 딕슨 카는 그런 작품만을 모은 **《기묘한 사건 사고 전담반》**이라는 단편집을 남겼으며, 그 책에는 〈투명 인간 살인〉, 〈허공에서 찍힌 발자국〉 등 제목부터 불가사의한 작품이 실려 있다.

일본으로 눈을 돌리면 **〈중산모의 이카로스**山高帽のイカロス**〉**(시마다 소지 《미타라이 기요시의 댄스御手洗潔のダンス》 수록)라는 단편에서는 평소 '인간은 하늘을 날 수 있다'고 주장하며 그런 그림만 그

리던 화가가 4층의 아틀리에에서 갑자기 모습을 감추고 지상 십여 미터 상공에 떠 있는 채로 죽어 있다는 수수께끼가 제시된다.

도대체 어떻게 그런 일이 벌어질 수 있을까 하는 궁금증이 들고, 하늘을 나는 모습을 꿈꾸던 화가가 하늘을 나는 시체가 되어 발견되었다는 것은 살인사건의 심각성을 잊게 할 만큼 환상적인 매력이 있다.

이런 식으로 수수께끼가 크고 불가사의할수록 독자는 그 진상을 알고 싶어서 페이지를 넘기게 된다.

복선 배치하기

수수께끼를 풀이하는 단서가 되는 복선이 없으면 미스터리가 아니다. 복선이 없으면 '추리'를 할 수 없기 때문이다. '복선을 깐다'는 것은 해결의 근거나 단서가 되는 사실 · 사건을 사전에 제시해 두는 것을 말한다. 아무 근거도 없이 범인을 특정할 수는 없으며, 범인이 갑자기 자신의 죄를 고백하면 독자는 흥이 깨질 것이다.

〈헨젤과 그레텔〉이라는 동화에서는 집에 돌아가는 표식 삼아 작은 돌을 흩뿌려 두는데, 그 작은 돌 같은 것이라고 생각하면 좋다. 작은 돌을 정성껏 주워가며 거슬러 올라가다 보면 자연스레 진상에 도달하는 식이다.

예를 들어 범인을 한정하는 요소가 '왼손잡이'였다고 치자. 그렇다면 해결까지 가는 과정에서 그 인물이 왼손잡이라는 사실을 알 수 있는 서술이 반드시 어딘가에 있어야만 한다. 일부러 '○○은 왼손잡이였다'라고 적을 필요는 없으며, 왼손으로 젓가락을 쓴다든가 오른손잡이용 도구를 쉽게 사용하지 못한다거나 하는 식이면 된다. 그런 내용을 여러 개 준비해 둔다. 매번 다른 방식(수저, 필기도구, 가위 사용법 등)으로 적어서 출연 빈도에 편중이 생기지 않도록 이야기 전체에 균형 있게 배치한다. 독자는 복선 전부를 제대로 기억할 정도로 친절하지 않고, 독자가 모든 것을 기억해 주기를 기대해서도 안 된다.

또한 미스터리는 범인과 탐정의 지혜 대결임과 동시에 작가와 독자의 지혜 대결이기도 하다. 작중의 탐정이 얻은 단서는 독자에게도 제대로 제시되어야 한다. 중요한 단서를 얻었다고 적었음에도 그것이 무엇인지 알지 못한다면 독자는 함께 추리할 수 없으며 따돌림을 당하고 만다.

코난 도일의 **셜록 홈스 시리즈**는 탐정 홈스의 시점이 아니라 기록자인 왓슨의 시점을 취함으로써 이를 효율적으로 연출한다. 홈스와 행동을 함께하는 왓슨은 홈스와 같은 것을 보고 같은 이야기를 듣는다. 왓슨의 수기라는 형태를 취하고 있는 이상, 그 정보는 독자에게도 평등하게 주어진다. 왓슨이 보고 들은 것=독자가 보고 들은 것이다.

홈스는 독자가 얻은 정보와 완전히 같은 정보를 통해 추리를 조합하여 진상에 도달한다.

《셜록 홈스의 모험》에 수록되어 있는 〈**입술 뒤틀린 사나이**〉나 〈**얼룩 끈**〉을 진상을 알고 난 이후에 다시 읽어 보면 얼마나 많은 복선이 깔려 있고 얼마나 인상적으로 서술되어 있는지 잘 알 수 있을 것이다. 다만 홈스가 독자적으로 깨닫고 "아직 말할 수 없어"라며 비밀로 해두는 것이 결정적인 단서가 되는 일도 꽤 많으며, 그런 부분은 조금 치사하다는 생각이 들지 않는 것도 아니다.

인상적으로 단서를 배치하고 해결의 단계에 들어선 이후 '아, 그랬구나. 그러고 보니 앞에 분명 적혀 있었어' 하고 떠오르게 하는 것이 바로 제대로 배치된 복선이다.

마지막 한 방은 논리적인 해결

단서가 제대로 제시되어 있다고 해도 그것이 유기적으로 조합되어 일련의 추리를 형성하지 못한다면 아무 의미가 없다. 탐정이 범인을 특정한 이유가 감이나 애매한 근거라면 독자를 설득할 수 없다.

논리라는 말은 어렵게 들릴지 모르지만, 중요한 것은 '○○이기에 누가 범인이다'라는 이치가 통하는지의 여부다. 이 '○○'은 앞서 언급한 것처럼 '왼손잡이'일 수도 있고, '글을 읽을 수 없다'일 수도 있고, 키가 '140센티미터 이하'일 수도 있다. 이처럼 대개는 단순한 사실에 수렴한다. 그렇지 않으면 '특정'할 수 없기 때문이다.

하지만 갑자기 그런 단순 명쾌한 이야기로 이끌어 갈 수 없기에 그 앞 단계, 그리고 그보다 앞 단계와 같은 식으로 단계적인 논리를 거듭하여 최종적인 결론으로 연결해 나간다.

논리를 쌓아가는 알기 쉬운 예는 'A=B이고, B=C라면, A=C'라는 삼단논법이다. 삼단논법 추리로 잘 알려진 작품은 **《이집트 십자가 미스터리》**엘러리 퀸로, 나는 이 아름다운 해결 방식에 반해 엘러리 퀸의 팬이 되었다.

해결 파트 종반에서 "설마 아직도 아무도 깨닫지 못한 겁니까?"라고 탐정 역의 엘러리가 말하는 장면이 있다. 물론 작중 인물에게 던지는 대사이긴 하지만 읽고 있는 나의 어리석음을 꾸짖는 듯한 느낌이 들었다.

이 작품을 읽어 보면 '우아하고 논리적인 해결'이 어떤 것인지 알 수 있다. 단순하고 명쾌한 논리인 만큼 의문점이 끼어들 여지가 없으며 누구나 알 수 있도록 단 한 명의 범인을 가리킨다. 삼단논법의 본보기와도 같은 해결책이다.

다양한 정의가 있겠지만 '본격 미스터리'란 이 논리성을 보다 중시하는 장르라고 생각하면 크게 틀리지 않다.

즉, 미스터리라는 것은 '수수께끼가 있고, 해결하기 위한 복선이 제대로 깔려 있고, 그 단서를 적절히 논리적으로 조합하면 유일무이한 진상에 도달한다'는 유형의 이야기라고 생각하면 된다.

이것으로 '미스터리'에 대한 이미지가 조금은 잡혔으리라

믿는다. 다음 장부터는 이들 요소를 순서대로 고찰할 예정이다.

우선 미스터리에 없어서는 안 되는 '수수께끼'부터 시작하기로 하겠다.

◈ 2장 ◈

수수께끼가 없으면 시작되지 않는다

Mystery라는 단어의 의미에서 알 수 있듯이

미스터리의 본질은 '수수께끼'다.

수수께끼의 힘으로 페이지를 넘기게 하는 것이다.

그렇기는 하지만 추리 퀴즈는 아니므로 수수께끼만 있다면

소설적인 면에서는 아무래도 좋다는 의미는 아니다.

그럼에도 역시 미스터리는 수수께끼가 없으면 시작되지 않는다.

서두에는 '즐거운 수수께끼'를

미스터리의 시작인 수수께끼는 매력적일수록 좋다. 또한 가능하면 이야기의 서두에 제시되어야만 한다.

사무실에 시체가 있고 구경꾼이 주위를 둘러싼 상황이라면, "범인은 누구일까?"라는 질문에 "어차피 사무실과 연관 있는 사람이 범인이겠지" 정도밖에 떠오르지 않는다. 이런 사건 현장은 매력적이지 않다.

또한 읽어도 읽어도 사건이 발생하지 않으면 '이것은 정말로 미스터리가 맞나?' 하고 점점 불안해지게 된다.

사실 모든 이야기에서 초반에 사건을 벌어지게 할 수는 없다. 무대 설명이나 등장인물 소개도 어느 정도는 필요하다.

그것을 해결하는 방법 중 하나로 '프롤로그'가 있다.

많은 미스터리에서 서두에 프롤로그 파트를 두고 그곳에

서 충격적인 장면이 그려지는 것은 우연이 아니다. '조금 더 읽으면 이런 사건이 벌어집니다'라는 것을 미리 알리기 위해서다.

서두에 '독자의 시선을 끄는 내용'을 넣는 것이다. 앞으로 이런 엄청난 일이 벌어질 것이라는 인상을 주면, 잠시 아무 일도 벌어지지 않는다 하더라도 독자는 작품에 빠져들게 된다. 작가는 그런 다음 천천히, 그리고 정성껏 사건과 인물의 배경을 묘사하면 된다.

물론 자연스러운 흐름으로 모든 것을 소개할 수 있다면 그보다 좋을 수는 없다. 프롤로그는 어디까지나 하나의 방편에 불과하니까.

과거, 시마다 소지는 〈**본격 미스터리론**本格ミステリー論〉(《본격 미스터리 선언本格ミステリー宣言》 수록)에서 "흡인력이 있는 아름다운 수수께끼가 첫 단계에서 반드시 필요"하며, "아름다운 수수께끼란 환상미가 있고 강렬한 매력을 갖춘 수수께끼이자, 시미성詩美性이 있는 수수께끼라고 바꿔 말해도 된다"라고 적었다.

수수께끼와 해결에 대해서 매우 알기 쉬운 설명이 있기에 조금 더 인용해 보겠다.

"'환상미'에 관해서는 미스터리 센스에서 벗어나지 않는 한 말도 안 되는 것일수록 더욱 좋다. 일상적 상식 수준에서는 이해 불가능한 것이면 더욱 좋다." 해결의 논리성에 대해서는 "논리성은 철저한 객관성, 보편성, 일상성을 갖추는 것이 바람직하다. 본격 미스터리란 이 양자에서 생기는 격차, 혹은 거기에서 드러나는 '단차의 미'에 취하기 위한 소설이다." 이 단차가 크면 클수록 놀라움과 그에 동반한 감정의 진폭도 커지게 된다.

〈본격 미스터리론〉의 한 구절이기는 하지만 모든 미스터리 장르에 부합된다 할 수 있으리라.

시마다 소지가 자신의 논리를 어떤 식으로 실천했는지 확인하기 위해서는 실제로 그의 작품을 읽어 보는 것이 좋다. 어떤 작품이든 관심이 가는 작품부터 읽어도 좋겠지만 역시 가장 추천하는 것은 데뷔작이자 탐정 미타라이 기요시가 최초로 등장한 작품이기도 한 **《점성술 살인사건》**이다.

이 작품을 읽었을 때 '그렇구나! 이렇게 명백하게 힌트가 주어져 있었는데!' 하고 놀라는 한편 알아맞히지 못해 분하기도 했다. 그 충격은 지금도 잊을 수가 없다.

단독주택이 통째로 사라지다

그렇다면 '아름다운 수수께끼', '엄청난 수수께끼'에는 구체적으로 어떤 것이 있을까.

지금부터는 수수께끼로 유명한 작품을 고전을 중심으로 몇 편 소개하겠다. 우선 물리적으로 아름다운 수수께끼부터 시작해 보자.

눈앞에서 한 명의 인간이 아무런 흔적도 남기지 않고 사라진다면 누구나 놀라게 되리라. 그런 '인간 소실' 테마로 유명한 것이 클레이튼 로슨Clayton Rawson의 **〈지구에서 사라지다**Off the Face of the Earth〉라는 단편이다.

형사들의 감시 속에 전화박스에 들어간 인물이 그 자리에서 사라지고 축 늘어진 수화기만 남아 있었다는 어떻게 생각해도 '있을 수 없는' 상황이 벌어진다.

전화박스나 축 늘어진 수화기라고 하면 단번에 이미지가 잘 떠오르지 않는 젊은 세대도 있을지 모르지만, 아직 그에 관한 인상이 남아 있는 지금이라도 꼭 읽어 보았으면 한다.

인간이 사라지는 것만으로도 대단한 사건인데, 집 한 채를 통째로 없애버리는 대담한 기술로 우리를 현혹하는 작품이 바로 엘러리 퀸의 **〈신의 등불〉**이다.

'하얀 집' 건너편에 서 있던 '검은 집'이 하룻밤 사이에 소멸해 버렸다는 이야기로, 집이 무너지거나 불에 타버린 것이 아니라 완전히 사라지고 그 자리는 아무것도 없는 노지가 되어버린다.

어떻게 하면 하룻밤 사이에 그런 일이 벌어질 수 있을까? 당연히 거기에는 비밀이 있다. 그런 번거로운 일을 하게 된 이유, 어떻게 그 트릭을 간파하였는지 등등 읽을거리로 가득하다. 가옥 소실로 끝나지 않는 것도 이 작품의 매력인데, '그것뿐만이 아니었구나' 하는 즐거움이 독자들을 기다리고 있다. 중편이면서도 엘러리 퀸의 대표작 중 하나로 손꼽을 수 있는 작품이다.

미스터리의 왕도는 바로 밀실

물리적인 '수수께끼'의 왕도는 역시 '밀실'일 것이다.

'밀실'이란 문자 그대로 폐쇄된 방이다. 안쪽에서 모든 자물쇠가 잠겨 있는 등 '출입이 불가능한 폐쇄공간에서 사람이 죽는데, 자살은 아니고 명백히 타살'인 상황을 '밀실살인'이라고 부른다. 왜 그런 번거로운 상황을 만드는가 하면, 이유는 크게 두 가지다.

첫 번째는 범인 자신을 용의선상에서 벗어나게 하기 위해서다. 시체에 다소 수상한 점이 있더라도 아무도 출입할 수 없는 방에서 죽은 채로 발견되었으니 자살이거나 사고사라고 생각하게 된다. 하지만 어떤 사정으로 타살이라는 점이 발각되면 부자연스러운 범행 현장만이 남는다.

다른 하나는 애초에 밀실이 될 리가 없었지만 우연이나

제삼자의 존재가 작용하여 '결과적으로' 밀실이 되어버린 경우다. 범인조차도 어째서 밀실이 되었는지 알 수 없을 때도 있다.

굳이 다른 목적을 꼽아 보자면, **《삼색털 고양이 홈즈의 추리》**아카가와 지로를 읽기를 권한다. **삼색털 고양이 시리즈**의 기념할 만한 첫 작품이기도 한 이 작품에서는 안쪽에서 빗장이 걸린 밀실 안에서 시체가 발견된다. 두개골과 경추가 골절된 점을 보아서는 타살이 확실한데 당연히 범인의 모습은 보이지 않는다. 또한 방 그 자체도 이상한 상황이다. 완전히 의표를 찌르는 형태로 멋지게 해결되는 이 밀실은 현대이기에 가능한 수수께끼라 할 수 있으리라.

이런 물리적인 밀실 이외에도 자물쇠는 잠겨 있지 않지만 감시자가 있어서 아무도 출입하지 않은 것이 확인된 경우, 들어간 사람은 있지만 나온 사람은 없는 경우 등 다양한 변형이 있으며, 앞서서 언급한 〈지구에서 사라지다〉는 그런 의미에서는 '밀실 작품'이라고 할 수 있다.

존 딕슨 카는 카터 딕슨이라는 필명과 더불어 평생에 걸쳐 밀실 작품을 집필해 '밀실의 거장'이라고도 불린다.

존 딕슨 카의 대표작으로 **《세 개의 관》**이라는 작품이 있다. 밀실 작품으로도 유명한데, 다른 면에서 더욱 유명하기도 하다.

바로 작중에 '밀실 강의'라는 하나의 챕터가 담겨 있는 점이다. 1935년 작품임에도 탐정 역인 펠 박사가 자신들을 작중 인물이라고 공언해 버리는 메타 구조의 참신함도 대단하지만, 밀실을 끝까지 파고들던 작가가 직접 분류하고 정리한 밀실 유형과 해설은 그 자체로 크게 공부가 된다. 기본적인 밀실의 변형은 대부분 망라되어 있다고 말해도 좋다.

그리고 그 밀실 강의에 촉발되어 쓰인 것이 에도가와 란포의 〈**유형별 트릭 집성**類別トリック集成〉(《속·환영성続·幻影城》 수록)이다. 제목대로 밀실에 한정하지 않고 트릭 전반을 정리하여 망라한 에도가와 란포의 역작이다.

이것들은 글을 통한 해설이지만, 이와 달리 영상화가 되지 않는 한 실제로는 볼 수 없는 밀실을 일러스트를 잔뜩 사용하여 소개한 책이 있다. **《아리스가와 아리스의 밀실 대도감》**아리스가와 아리스은 다양한 밀실들을 보는 것만으로도 즐거운 데다, 읽을거리도 충실하고 해설까지 있으니 최고의 밀실 가이드라 할 수 있다.

《아리스가와 아리스의 밀실 대도감》에는 스포일러가 담겨 있지 않지만, 《세 개의 관》의 '밀실 강의', 특히 〈유형별 트릭 집성〉에는 구체적인 작품명이 꽤 등장한다. 매우 유명한 작품의 비밀을 책을 읽기도 전에 알아버릴 수 있으므로 주의하자.

알파벳순으로 사람이 죽는다?

물리적으로 아름다운 수수께끼가 있는 한편 심리적으로 아름다운 수수께끼도 있다.

왜 그런 일을 저질렀는지 범행 이유나 동기에 초점을 맞춘 작품이다. 수많은 명작이 있는데, 그중에서도 '왜? 그 일에 대체 어떤 의미가?'라는 소박하기는 하나 그렇기에 강렬한 의문을 품지 않을 수 없는 작품을 소개하겠다.

우선 미스터리의 여왕 애거서 크리스티의 **《ABC 살인사건》**.

앤도버Andover라는 알파벳 A로 시작하는 마을에서 이니셜이 A. A인 인물의 시체가 발견된다. 다음은 벡스힐Bexhill에서 이니셜 B. B, 그다음에는 처스턴Churston에서 이니셜 C. C인 인물의 시체가 발견된다. 그리고 모든 시체 옆에는 《ABC 철도 안내서》가 남겨져 있으며, 이에 앞서 ABC를 자칭하는 인물로부터 도전장이 도착해 있다. 범행 수법을 보면 동일범 같은데, 피해자 간에 관련성은 찾을 수 없고, 범인이 무엇을 위해 이런 일을 벌이는 것인지 전혀 알 수가 없다.

일본으로 바꿔 보면 아카사카에서 아카즈카 씨가, 이타바시에서 이다 씨가, 우에노에서 우에다 씨가 시체가 되어 발견되고, 그 옆에 '50음도 연습장'이 놓여 있는 셈이다. 그리고 에도가와바시 주변에 사는 '에'로 시작하는 성을 가진 사람들이 점점 공포에 빠진다는 느낌일까(일본의 50음도는 아이우에오 순으로 진행된다 – 옮긴이).

이것을 '모두가 알고 있는 것(동요나 민요 등 어린이부터 어른까지 해당 지역 사람들이 두루 아는 것. 알파벳은 그 전형)에 비유하거나 모방하여 살인을 행하는 유형의 수수께끼'라고 본다면, '비유 살인'이라고 부를 수도 있다. 동요 노랫말 등에 빗대어 범행 상황을 맞히기 때문이다.

동요나 시가를 소재로 한 비유라고 하면, 일본에서는 요코미조 세이시의 **《악마의 공놀이 노래》**, **《옥문도》** 등의 긴다이치 고스케 시리즈가 유명하다. 앞서 소개한 《그리고 아무도 없었다》도 전형적인 '동요에 의한 비유 살인'의 예다. 그 밖에도 에드거 앨런 포의 작품을 모방한 사건이 벌어지는 **《누구나가 포를 사랑했다** だれもがポオを愛していた》히라이시 다카키平石貴樹

에 이르기까지 비유 미스터리는 미스터리 팬의 마음을 계속해서 간지럽히고 있다.

비유가 발생하면 어떤 일이 발생할까?

바로 일련의 범행이 단순한 범죄 이상의 의미를 지니게 된다. 독자는 거기에서 비유된 것과의 연관성을 찾아내려고 하기 때문이다.

《ABC 살인사건》처럼 알파벳 놀이로밖에 보이지 않는 범행에도 실은 숨겨진 다른 의미가 있는 것은 아닐까 깨닫기 시작한다.

명백하게 동일범에 의한 연속살인임에도 피해자의 나이, 성별, 직업 등이 제각각이고, 범인이 무슨 이유와 목적으로 범행을 저질렀는지 알 수 없다. 아무리 그래도 정말로 문자놀이를 위해서는 아니겠지, 하고 생각하면서도 거기에서 다른 길로 나아갈 수 없다. 숨겨진 연관성이 불명확하기 때문에 동기를 알 수 없고 범인상이 좁혀지지 않는다.

이처럼 피해자들 사이에는 공통점이 되는 무언가의 요소가 있을 텐데 그것이 보이지 않는 유형의 수수께끼를 '미싱 링크missing link'라고 부른다.

사라진 고리를 찾아라

고리가 여러 개 연결된 사슬을 떠올려 보면 알기 쉽다. 사건에서 진상까지 이어지는 고리 중 마지막 하나가 빠져 있어서 사슬이 완성되지 않는다. 퍼즐의 마지막 조각이라고 바꿔 말해도 좋다. 그것이 끼워지는 순간 처음으로 진실에 도달하고 전체의 모습이 보인다.

피해자와 피해자를 연결하는 이유라는 이름의 '고리'를 찾은 순간, 그것이 범인을 나타내는 열쇠가 된다. 그것은 '왜 깨닫지 못했을까' 하고 분통이 터질 정도로 심플한 경우도 있는 반면, 범인에게만 의미가 있는 집착일 때도 있다.

엘러리 퀸이 이런 미싱 링크에 도전한 것이 **《꼬리 많은 고양이》**였다. 개인적으로 최고의 미싱 링크라고 생각하는 것은 **《소실!**消失!**》**나카니시 도모아키中西智明과 **《호그 연쇄살인》**윌리엄 데안

드리아이다.

《소실!》은 표면상으로는 전혀 관계가 없고 복잡하게 보이는 현상도 알고 보면 이렇게까지 심플할 수 있다는 좋은 사례다.

《호그 연쇄살인》은 'ABC' 계열을 제대로 진화시킨 작품이라 말할 수 있다. 가능하다면 미싱 링크 작품을 몇 권 읽은 후에 읽어 보기를 권한다. 그렇지 않으면 진정한 의미의 '호그'를 즐길 수 없을 테니까.

내용을 자세히 설명할 수 없는 것이 안타깝지만, 꼭 두 작품을 읽고 미싱 링크의 극한을 맛보았으면 한다.

일상 미스터리의 재미

또 하나의 요소인 '왜 그런 일을 벌였는가?'라는 수수께끼를 취급하는 작품을 소개하겠다. 노리즈키 린타로의 〈**사형수 퍼즐**〉(《노리즈키 린타로의 모험》 수록)이다.

사형수가 형 집행 직전에 살해당한다는 이야기다. 가만히 내버려 두더라도 분명 사형을 당하게 될 자를 왜 굳이 위험을 감수하고, 그것도 집행 직전에 죽여야만 했을까? 아무리 생각해도 거기에 합리적인 이유가 있을 것 같지는 않다.

동기는 둘째 치고 용의자가 사라지는 수법 등 퍼즐러(puzzler, 범인을 한정할 때의 논리성을 중시하는 유형의 본격 미스터리를 부르는 명칭)로서도 수작이다.

동 단편집에 수록된 〈**도서관의 잭 더 리퍼**〉도 숨겨진 이유를 둘러싼 이야기인데, 미스터리 팬이라면 그 비밀을 찾아낸 스스로가 대견할 것이다.

이 단편은 도서관을 무대로, 책에 관한 작지만 불가사의한 사건을 취급하는 작품이다. 살인도 유괴도 벌어지지 않는다.

이런 생활 속의 작은 불가사의나 의식하지 않으면 지나쳐 버리고 말 사소한 사건을 소재로 한 작품을 '일상 미스터리'라고 부른다.

도이타 야스지의 〈**그린 차의 아이**〉(《빨간 고양이—일본추리작가협회상 수상 단편집》 수록)가 효시라고 불리며, 예부터 이런 작품들은 있어 왔지만 '일상 수수께끼'를 단번에 메이저로 만들고 하나의 미스터리 장르로 견인한 것은 누가 뭐라 해도 기타무라 가오루의 《**하늘을 나는 말**》을 비롯한 **엔시 씨와 나 시리즈**일 것이다.

이 책은 다섯 개의 단편으로 구성된 연작으로, 대학생인 내가 은사의 인연으로 라쿠고(落語, 무대에서 한 명이 반주나 무대장치 없이 화술로 이야기를 끌어가는 전통 예술 – 옮긴이)가인 슌오테이 엔시를 알게 되고, 엔시가 그녀 주변에서 벌어지는 조금 색다른 사건의 진상을 추리해서 들려주는 구조를 가진 작품이다.

표제작인 〈하늘을 나는 말〉은 유치원 정원에 최근에 설치한 목마가 밤사이 사라졌다 아침에는 원래 장소로 돌아왔다는 이야기다. 이것이 실제로 주변에서 일어난 사건이었다면 "착각일 거야", "잘못 본 거 아니야?" 정도로 끝났을 텐데, 〈하늘을 나는 말〉은 세상은 아직 살 만하다는 생각이 들게 하는 부분까지 이야기를 펼쳐 나간다. 이어지는 시리즈와 더불어 미스터리의 새 지평을 개척한 기념비적 작품이다.

전에 카페에서 여고생 둘이 책 이야기를 하는 것을 들은 적이 있다.

들은 적이 있는 작품명에 나도 모르게 귀를 기울이게 되었는데, 그 고등학생이 "나, 사람이 죽는 이야기는 못 읽어서 미스터리는 전혀 읽지 않고 싫어했는데, 이건 달랐어!" 하며 눈을 반짝이며 친구에게 권한 것이 이른바 '일상 미스터리'였다.

나로서는 이런 생각을 해본 적이 없었기에 새삼 일상 미스터리는 대단하다고 생각하는 계기가 되었다.

수수께끼는 산처럼 세워라

지금까지 구체적인 작품명을 들며 매력적인 수수께끼를 여럿 소개해 보았다. 관심이 가는 수수께끼가 있다면 꼭 작품을 읽어 보기 바란다. 그리고 이상하게 들릴지 모르겠지만 그것을 읽고 '뭐야, 이게'라고 생각해 주었으면 한다.

아무리 상식을 벗어난 수수께끼라고 하더라도 반드시 합리적으로 해결된다. 그것은 물리법칙에 기반한 것이지 초자연적인 수단은 아니다. 그 진상은 심플하며 별로 대단하게 느껴지지 않기도 하는 법이다.

하지만 바로 이 점을 생각해 보아야 한다.

그 심플한 사정이 어떤 식으로 '매력적인 수수께끼'로서 제시되는지 말이다. 진상을 알고 난 후에 '뭐야, 이게'라고 생각하기란 쉽다. 하지만 본인은 그것을 추리해 냈는지. 혹은 진상에서 수수께끼를 역산할 수 있었는지. 작가를 목표로 한다면 우선 집념을 불태워야 하는 대상은 바로 이 '수수께끼의 구축'이다.

제아무리 멋진 트릭이라도 그것이 '매력적인 수수께끼'가 아니라면 관심을 끌 수 없다. 더 재미있는 현상을 만들 수는 없을까, 더 매력적인 광경이 될 수 있지 않을까, 더 말도 안 되는 상황으로 만들 수는 없을까……. 계속해서 파고들어야만 한다.

많은 수수께끼를 만들어 냈다면 그것을 되는 대로 쏟아붓는 것이 아니라 수수께끼가 더욱 돋보일 수 있도록 효과적으로 배치해야 한다. 어려운 트릭이 차례로 등장하는 작품은 읽을 때는 즐겁지만 강렬한 인상에 잡아먹혀서 나중에 떠올리려 하면 '무슨 이야기였더라?' 하고 기억나지 않을 때가 있다.

인상에 가장 강렬하게 남기고 싶은 수수께끼를 정상에 놓고, 그것을 뒷받침하는 곁다리 소재를 들판으로 삼아 후지산처럼 넓고 완만하게 배치하는 것이 이상적이다. 들판이 넓을수록 정상은 높게 우뚝 솟을 수 있다.

신인상에 응모한 원고를 읽다 보면 실로 아깝다고 생각되는 부분이 이 지점이다.

수수께끼가 수수께끼로서 충분히 기능하지 못하고 진상

을 알아도 카타르시스가 없거나 너무 내용을 많이 담아서 무슨 이야기를 하고 싶은지 알 수 없을 때도 있다. 조금만 더 고민했다면 더욱더 매력적으로 보일 수 있었을 텐데, 하고 생각하면서 해결 파트의 페이지를 넘기는 일은 무척이나 안타깝고 아쉽다.

그런 일이 벌어지지 않도록 평소 독서를 할 때 '나라면 이 수수께끼를 어떻게 처리했을까' 하고 생각해 보는 것은 중요한 훈련이다. 보다 재미있게 만드는 방법이 떠올랐다면 변형을 시켜보자. 그러다 보면 언젠가 사용할 수 있는 순간이 찾아올지도 모른다. 그렇지 않다고 하더라도 어디가 재미있고 어디가 부족하다고 느꼈는지를 분석하는 일은 작품을 창작하는 데 크게 도움이 된다.

이는 작가뿐만 아니라 편집자로 대표되는 읽는 이에게도 동일하게 말할 수 있다. 어떤 식으로든 작품을 만드는 일에 관여하고자 하는 뜻이 있다면, 어떤 이야기를 접했을 때 단순히 '재미있었다', '보잘것없었다'로 끝내지 말고 어째서 재미있다고 느꼈는지, 어떻게 하면 더욱 흥미로워질 것인지 파고들어서 생각하는 습관을 들여야 한다.

그렇게 파고들어야 할 첫 번째 요소가 바로 '수수께끼'다.

결국 미스터리는 수수께끼가 없으면 시작되지 않으니까.

◈ 3장 ◈

공정과
불공정 사이

미스터리 팬들이 "공정페어하다!", "아니, 불공정언페어해!" 하고

시끄럽게 떠드는 모습을 본 적이 있을 것이다.

미스터리도 스포츠와 마찬가지로 정정당당한 승부, 즉 페어플레이가 중시된다.

그런 '공정 · 불공정 논쟁'에서 가장 물의를 빚은 것이

애거서 크리스티의 《애크로이드 살인사건》일 것이다.

읽어 보면 무엇이 문제가 되었는지 바로 알 수 있을 테지만,

가능하면 다른 미스터리를 어느 정도 읽고 나서 이 작품을 접하는 것이 좋다.

그러는 편이 논쟁의 초점이 더욱 잘 보일 테니까.

지문으로
거짓말을 해서는 안 된다

그렇다면 미스터리에 있어서 '공정'하다는 것은 무엇을 말할까? 한마디로 말하자면, **'삼인칭' 지문으로 거짓말을 하지 않는다.** 이 한 문장으로 축약할 수 있다.

하지만 이렇게 말하더라도 구체적으로는 확 와 닿지 않을 수도 있으니까 순서대로 설명하겠다. 삼인칭에 작은따옴표를 붙인 이유는 뒤에서 설명하겠다.

우선 '인칭'에 대한 확인부터 해보자. 일인칭이란 '자기 자신', 즉 '나'를 말한다. 주인공의 시점과 주관을 통해 말하는 것이 일인칭의 세계다.

이인칭이란 '당신'. 독자인 자신, 또는 작중에 나오는 '듣는 역할'에 해당한다. 이야기 전체를 '당신'에게 말하는 형태로 이야기를 진행하려면 상당한 솜씨가 필요하므로 이인칭

소설은 많지 않다.

그리고 삼인칭이란 나도 당신도 아닌, 중립인 제삼자가 본 세계다. 누군가의 가치 기준이나 어느 한쪽으로 치우친 견해에서 벗어난 공정한 서술이 삼인칭이다. 세세하게 말하자면 삼인칭에도 다시점과 단시점, 전지적 시점 등의 차이는 있지만, 그것은 나중에 설명하기로 하고 여기에서는 '삼인칭'이란 누군가의 주관이 들어가지 않은 객관적인 시점이라고 정의해 두겠다.

그렇다면 '지문'이란 무엇일까?

작중에서 대사나 인용을 제외한 부분을 말한다. 보다 거칠게 말하자면 (괄호)나 '따옴표', 방점 등 특수한 표식이 없는 부분이다. 대사가 아니더라도 기호와 함께 적힌 말은 어떤 특수한 의미나 내용을 부여받았음을 뜻한다. 그렇다면 액면 그대로 받아들일 수 없다.

'삼인칭'과 '지문' 모두 말하고자 하는 것은 같다. 바로 '주관'이 아니라 '객관'이 중요하다는 말이다.

그렇다면 왜 그렇게까지 객관적이라는 점을 고집해야 하며 거짓말을 해서는 안 되는 것일까?

답은 단순하다. 독자가 무엇을 믿으면 좋을지 알 수 없게 되기 때문이다.

미스터리, 그중에서도 본격 미스터리는 '작가와 독자의 지혜 대결'이라거나 '지적 게임'이라고 불린다. 조금 극단적인 말이긴 해도 크든 적든 게임적인 요소가 있다는 점은 분명하다. 그렇다면 룰이 없으면 제대로 즐길 수 없다. 그렇기 때문에 '지문에 적혀 있는 것은 진실이다'라는 룰이 있고, 그것을 근거로 독자는 물론 작중의 탐정도 추리를 펼치는 것이다.

예를 들어 지문에 다음과 같이 적혀 있다고 하자.

젊은 남자가 버터플라이 나이프를 손에 들고 피해자를 등 뒤에서 한 번 찔렀다.

그렇다면 찌른 것은 노인도 여자도 아니며, 나아가 젊게 차려입은 중년 남자도 아니라 문자 그대로의 의미에 따른 "젊은 남자"다. 흉기도 부엌칼이나 아이스피크가 아닌 "버터플라이 나이프"다. 또한 상처는 등 뒤에 있어야만 하며, "한 번 찔렀"으니 상처가 여러 개 있어서도 안 된다.

그런 부분을 애매하게 만들고 싶다면 다음과 같은 정도로 서술하면 된다.

예리한 날붙이를 든 사람이 가까이 다가와서 피해자를 찌르고 도망갔다.

이렇다면 흉기는 물론 범인의 폭이 넓어진다. 사람이라고 적혀 있으니 남자여도 여자여도 된다. 날붙이라고밖에 적혀 있지 않으므로 여기에는 버터플라이 나이프도 포함되지만, 다른 것이어도 문제가 되지 않는다. 독자가 트집을 잡더라도 '남자로도 여자로도 적지 않았고, 부엌칼이라고도 나이프라고도 적지 않았다!'라고 주장할 수 있다.

이것은 지문일 경우에 한한다. 대사가 되면 사정은 단번에 바뀐다.

"머리가 길고 날씬한 여성이 식칼로 찌르는 것을 봤다."

목격자의 이와 같은 증언은 목격자에게 그렇게 보였을 뿐이고 실제로 어땠는지는 확실하지 않다. 대사는 등장인물의 주관에 크게 좌우되는 부분이다. 일정 이상의 무게를 두기 힘들다. 머리가 길고 마른 몸의 실루엣을 여성이라고 생각하는 것은 타당하지만, 긴 머리에 마른 남성 또한 존재한다.

물론 언제나 신용할 수 없다는 말은 아니며, 진실을 말하는 경우도 있고 오히려 그런 경우가 더 많다.

잘못 본 경우라고 하더라도 왜 잘못 보았는지, 무엇을 잘못 보았는지 등의 사정은 진실 해명으로 이어지는 중요한 단서가 되기도 한다.

단순 목격자가 아니라 범인이라면 더욱더 "제가 했습니다" 같은 말을 할 리가 없다. 올바른 증언은 기대할 수 없으며 불리한 정보는 숨긴 채 거짓말하거나 누군가에게 뒤집어씌울 수 있으며 실제로도 대부분 그렇게 행동한다.

그리고 성가시게도 진상이 명백해질 때까지 누가 범인인지 모르니까 누가 거짓말을 하는지도 알 수 없다.

조사 장면에 묘사되는 용의자에 대한 신문은 질의응답이 반복되기에 지루하다고 생각하는 사람도 있을 것이다. 하지만 이렇게 주고받는 대사는 사실관계의 확인은 물론이고 발언의 허술함과 모순을 해결의 힌트로 제시하고자 하는 공정한 자세가 반영된 것이라 할 수 있다.

하지만 아무리 정성껏 공정하게 적었다 하더라도 지루해서 읽지 못할 정도라면 아무 쓸모 없다. 단조로워지지 않도록, 그리고 재미있게 쓸 필요가 있지만 그러기 위해서는 많은 고민이 필요하다.

우선 장황하게 신문 장면만을 쓰는 것은 피해야 한다. 연속으로 다섯 명이나 여섯 명을 같은 식으로 신문하는 장면은 좋지 않다. 독자가 '그래, 언제나 나오는 알리바이 확인 장면이군'이라며 해당 장면을 건너뛰게 된다면 모처럼의 단서도 의미를 지니지 못하게 된다.

질의응답이 연속되지 않도록 사이사이에 에피소드를 끼워 넣거나 신문 중에 예기치 못한 해프닝을 일으키는 등 질리지 않게 하는 긴장감 유발이 필요하다.

거짓말은 하지 않는다, 하지만 진실도 말하지 않는다

'불공정'한 서술이 어떤 것인가 하면, 남자인데도 여자라고 쓰거나 자리에 없었던 사람을 있었다고 쓰는 것이다. 즉, 명백한 거짓말을 쓰는 일이다.

그렇다면 성별을 애매하게 해두고 싶을 때는 어떻게 하면 좋을까.

성姓만 적어두고(성 같아 보이는 이름이나 그 반대 등 성과 이름을 착각하게 만드는 방법도 있다) 복장, 대사, 행동거지와 같은 성별의 힌트가 될 수 있는 것을 써두면 된다. 아무리 그래도 대사를 전혀 하지 않게 만들 수는 없으므로 필요한 경우에는 시종 존댓말로 정중한 말투를 사용하게 하면 남녀 어느 쪽으로도 보일 수 있으며, 독자가 제멋대로 착각하기도 한다.

실제 경험한 내용을 바탕으로 한 가지 예를 들어보겠다.

'파이널 판타지 11'이라는 온라인 게임이 있는데, 발매 당시 제법 열심히 플레이했다. 여성 캐릭터를 분신으로 사용했는데, 인터넷 용어나 이모티콘을 사용하기는 부끄러워서 게임 내 채팅에서는 계속 정중한 말투를 사용했다.

때때로 "그런데 남자예요, 여자예요?"라는 질문을 받을 때가 있었고, 그럴 때는 "어느 쪽 같아 보여요?" 하고 되묻고, 답이 남자든 여자든 "뭐, 그럼 그런 걸로 해두죠"라고 답하곤 했다. 깊은 의미나 의도가 있던 것은 아니다. 현실과 게임 세계는 다르기도 하고 귀찮으니까 그렇게 해둔 것뿐이지만 캐릭터의 외모에 이끌린 탓인지 대부분은 모니터 건너편도 여자라고 믿었던 것 같다. 모두가 무척 친절하게 대해 주었다. 사실을 말하지는 않았지만 거짓말도 하지 않았으니 불공정한 발언은 아니었다.

결국 첫인상과 선입견, 그리고 자신이 '어떻게 생각하고 싶은지'에 따라 사람의 감각은 크게 좌우된다고 말할 수 있으리라.

그 선입견이나 섣부른 확신을 매우 능숙하게 사용한 작품이 **《외눈박이 원숭이》**미치오 슈스케로, 이 작품을 읽으면 자신이 얼마나 제멋대로인 확신에 지배되어 있었는지 통감하게 된다. 원고를 읽으며 '이 길을 이대로 걸어가면 먼 미래에는 미스터리의 완전히 새로운 영역이 있을지도 모른다'는 생각이 들게 만들어준 작품이다.

미스터리에서 이런 확신과 선입견의 이용은 매우 중요하기에 거짓말을 적지 않으면서도 오해를 불러일으킬 법한 문장을 사용할 필요가 있다.

구체적인 인용은 스포일러가 되므로 여기에서는 평범한 예문을 사용해 설명하도록 하겠다.

교문을 나섰을 때 같은 반의 A가 초콜릿으로 가득 찬 손가방을 들고 걷는 모습이 보였다. 뒤에서 "여전히 인기 많아서 부럽네. 올해는 밸런타인 초콜릿 몇 개 받았어?"라고 놀리듯 말을 걸자, A는 성가시다는 듯이 손을 내젓고 조금 곤란한 표정을 짓더니 빠른 발걸음으로 떠나버렸다.

예문의 배경은 실은 여학교이며 A는 후배들에게 인기가 많은 여자아이였다. 밸런타인데이에 대한 일반적인 선입견을 이용한 사례다.

팔걸이가 달린 푹신한 의자에 앉아 등에 체중을 실어 본다. 삐걱

거리는 소리도 없이 등받이는 조용히 각도를 바꿨다.

드디어 여기까지 왔다. 꿈에서까지 본 사장의 의자에 나는 지금 이렇게 앉아 있다.

긴 출세 경쟁 끝에 드디어 사장이 되었다. 즉, 어느 정도 나이가 들었다고 생각되지만, 젊은 나이에 창업을 해서 사장이 되었을 수도 있고, 사장실에 몰래 숨어들어 의자에 앉아 보았을 뿐일 수도 있다. 이는 '사장'이라는 단어의 울림에서 연상되는 일반적인 인물상을 이용한 오해 사례다.

조금 더 간접적이며 능숙한 사용 방법으로, 어떤 사정 때문에 말을 하지 못하는 사람이 있고 그것을 감추어야 할 필요가 있는 경우 괄호 안의 대사는 전부 배제하고 모든 것을

○○의 호소에 의하면, ××라고 했다.

또는

○○이 전하고 싶은 것은 ××인 듯하다.

등으로 서술하는 방법이 있다. 여기에서는 '말했다'거나 '들었다'는 서술은 없다. 무언가를 호소하는 것은 말로 하는 방법이 아니어도 가능하며, 전하고자 하는 내용을 몸짓이나 필담, 메시지를 통해서 헤아리는 것도 가능하다. 어느 쪽이든 입을 통해 말했다고 단정할 수 있는 서술이 아니다. 그렇기에 거짓말은 적혀 있지 않다.

정정당당하다는 의미에서의 '공정'하다고 할 수 없을지 모르지만 적어도 '불공정'하지는 않다.

주변 사람들이 따옴표가 포함된 대사로 말하고 있는 가운데 이런 문구를 자연스럽게 섞어 두면 처음부터 의심하고 있지 않은 이상 ○○은 구두로 의사소통을 하고 있다고 생각하게 된다. 그것이 노림수다. 하지만 한두 번이라면 괜찮지만, 한 명에게만 계속 에두른 표현을 사용한다면 얼마 되지 않아 무언가 이상하다고 깨닫게 된다.

그럴 경우에는 모든 인물의 의사표현을 따옴표 없이 통일하는 고된 방법도 있지만, 장편에서 그렇게 하는 것은 고됨을 넘어서 신만이 할 수 있는 기술일 것이다.

그 밖에도 장면을 갑자기 전환하거나, 주어와 목적어를 일부러 쓰지 않음으로써 주체나 객체의 착오를 유발하는 등의 방법이 있다. 세세하게 쓰면 스포일러가 될 수 있어서 이

쯤 해두지만, 서술 트릭이라고 불리는 장르의 작품에서는 다양한 수법이 정교하게 사용되고 있다.

내용이 복잡하고 규모가 클수록 작가와 편집자 모두 '공정'함을 유지하는 일에 주의를 기울인다.

말을 할 수 없는 사람이 자신의 의견을 '말했다'거나, 사실은 남자임에도 '그녀'로 불리는 등, 명백하게 불공정한 서술이 지문에 있다면 '뭐야, 그렇다면 뭐든 가능한 거 아니야?'라고 생각하게 된다. 극단적으로 말하자면 아흔아홉 개의 복선이 공정하더라도 단 한 개의 불공정한 서술이 있는 것만으로 작품 전체의 신뢰도가 떨어지고 '공정'하지 않다고 인식하게 된다.

작가와 편집자는 그 정도의 위기관리 의식을 가지고 원고를 체크한다.

그렇기에 다 읽었을 때 '당했다'며 놀라거나 '비겁하다'고 느낄 정도로 분하더라도, 아니, 그럴 때야말로 모든 것을 알고 있는 상태로 처음부터 작품을 다시 읽어 보았으면 한다.

얼마나 세심하게 주의를 기울여서 거짓말이 되지 않는 정도로 오해를 부르게끔 글을 썼는지 확인할 수 있을 것이다. 미스터리를 쓰고 읽을 때는 한 마디, 한 문장 허투루 넘겨서는 안 된다.

'나'를 너무 믿어서는 안 된다

특히 신경 써야 하는 지문이 있다. 바로 일인칭으로 진행되는 이야기다. 본 장의 서두에서 삼인칭에 따옴표를 친 이유가 바로 이 때문이다.

일인칭은 어느 특정 인물의 시점과 사고를 통해 이야기가 진행된다. 그 인물이 제아무리 객관적 사실이라고 인식하고 있다고 해도 거기에는 반드시 주관이나 잘못된 확신이 담길 여지가 남는다.

정도의 차이는 있지만 일인칭에는 그 인물의 주관이 드러난다. 마음속 목소리이므로 원래라면 전체에 따옴표가 붙어야만 한다. 하지만 그래서는 독자가 읽기 불편하니까 가장 바깥의 따옴표를 제외하고 쓰였다는 식으로 생각해도 좋다.

따라서 일인칭의 경우, '신뢰할 수 없는 화자'일지도 모른다고 생각해야 한다.

본인은 지극히 진실만을 말할 생각이라고 하더라도 제삼자가 보기에는 새빨간 거짓말일지도 모르고, 그것은 타자의 눈을 통해서가 아니면 확인할 수 없다.

신뢰할 수 없는 화자가 일인칭으로 말하는 것이므로 '제삼자의 눈'이 매우 중요하다. 꼼꼼하게 읽다 보면 화자의 인식과 주변의 인식과는 미묘한 차이가 있으며 그것이 복선이 되는 경우도 많다.

의외로 다루기 어려운 '시점'

마지막으로 인칭과 관련하여 시점에 대해서도 간단히 설명해 두겠다.

시점이란 "이야기를 서술하여 나가는 방식이나 관점"이라고 사전에 풀이된 것처럼 작품 세계를 보는 시점을 말한다.

일인칭이라면 시점 인물의 눈을 통해 관찰되며, 그 인물의 생각을 거쳐 해석되는 세계다.

삼인칭은 누군가의 눈이나 생각을 통하지 않은 객관적인 관찰이다.

삼인칭 단시점은 등장인물 중 누군가를 중심으로 관찰하는 방식이다. 언제나 그 한 사람을 향하는 카메라가 있고 그 카메라 렌즈를 통해 보는 세계라고 말하면 좋을까. 그렇기에 같은 시각에 다른 장소에서 일어나는 사건 등 그 인물이 관련되지 않은 장면은 묘사할 수 없다.

그런 의미에서는 일인칭에 가깝다. 일인칭과 다른 것은 지문에 적힌 것은 객관적 사실이되 거기에 주관은 섞이지 않는다는 점이다. 보충하자면

A는 B가 범인임에 틀림없다고 생각했다.

라는 문장이 있었다면 A가 B를 범인이라고 생각한 것은 객관적 사실이지만, B가 진짜로 범인인지 어떤지는 알 수 없다. 어디까지나 A가 그렇게 생각했다는 것뿐이다.

삼인칭 다시점은 카메라가 여러 곳에 달려 있고 다양한 정경을 비춘다. 그렇기에 같은 시각 지구 반대쪽에서 벌어지는 일이라도 자유롭게 묘사할 수 있다.

그리고 한 단계 위로 올라가서 '전지적 시점'이 되면, 신은 무엇이든 알고 있으니까 등장인물의 심층 심리부터 "이것이 마지막 대화가 되리라는 사실을 그때는 알 방법이 없었다" 등 앞으로 벌어질 일에 대한 예견까지 온갖 종류를 서술할 수 있게 된다.

물론 거기에 거짓말을 적어서는 안 된다. 삼인칭으로 된 지문이기에 당연하며, 무엇보다 신이 거짓말을 하는 것은

옳지 않다.

이 '시점'이라는 것은 편리해 보이지만 실제로는 다루기 꽤 어렵다. 그렇다 보니 굳이 신인상에 한정하지 않더라도 문학상 작품 선정 시 '시점이 흔들린다'는 지적이 종종 나오고는 한다.

특히 삼인칭 다시점을 내키는 대로 사용해서 시점이 여기저기 옮겨가는 것은 텔레비전 채널을 이리저리 바꾸는 것과 같다. 읽는 사람은 마음이 차분해지지 않고, 빈번하게 이런 일이 발생하면 무슨 일이 벌어지고 있는 것인지 알 수 없게 된다.

소설을 읽을 때 독자는 무의식중에 등장인물에 다가가거나 동화될 때가 있다. 그럴 때 말하는 이와 듣는 이가 사전 양해도 없이 뒤바뀌는 일이 벌어지면 누가 무엇을 말하고 있는 것인지 혼란에 빠지게 된다.

시점은 일관된 편이 읽기 쉽다. 바꾼다고 하더라도 장마다 시점 인물을 고정하는 등 독자가 '지금 누구에 관한, 무엇에 관한 이야기를 읽고 있는지' 헷갈리지 않도록 하는 것이 중요하다.

프롤로그나 막간에서 수수께끼의 인물의 모노그램이 들어갈 때도 있지만, 어디까지나 효과적으로 수수께끼를 인상적으로 남기기 위한 단발성 기술에 그쳐야 한다. 거슬러 올라가 다시 읽어야 할 정도로 화자를 특정하기 어렵다면 독자의 마음은 작품에서 멀어지게 된다.

안 그래도 여러 등장인물들의 대사를 구분하는 것은 쉬운 일이 아니다. 알기 쉽게 만들기 위해서라고는 하지만 따옴표 후에 일일이 "라고 ○○은 말했다"는 식으로 적는 것도 쓰는 이, 읽는 이 모두 성가실 뿐이다.

이상적인 것은 화자에 대한 설명이 없더라도 대화의 내용과 말투를 통해 누가 말하고 있는지를 알 수 있게끔 서술하는 것이다. 그렇다고는 해도 어미를 통일하는 등의 기호화된 구별이 아니라, 매사에 불만인 사람은 시니컬하게 말한다거나, 분위기 메이커는 자주 과하게 반응하는 등 성격과 연관된 말투를 쓰는 것이 좋다.

SNS나 메시지에서 (웃음)이나 ㅎㅎ를 쓴 적이 없는 사람은 없을 것이다. 하지만 한 작가가 자신의 대담을 정리한 글을 읽고 "잘 정리되어 있긴 해도, 이 (웃음)이라는 문구 없이 웃고 있다는 느낌을 낼 수 있었으면 좋았을 텐데"라고 말했던 것이 떠오른다. 아무리 그래도 소설 대사에서 (웃음)을 넣는 일은 없겠지만, 대사 마지막에 "라고 말하며 웃었다"는 서술이 없더라도 웃으며 말하고 있다는 점을 독자에게 전할 수 있다면 그것이 가장 좋은 방법이다.

일기나 작문에서 일인칭 문장을 쓴 경험은 누구에게나 있을 테지만, 거기에서 갑자기 삼인칭 다시점으로 나아가기란 꽤 어렵다. 삼인칭도 처음에는 단시점으로 인물을 고정하여 써보는 것이 좋다. 그것만으로도 주관을 배제하고 철저히 객관적이 되는 일이 얼마나 어려운지 바로 깨닫게 될 것이다.

독자 측면에서도 인칭과 시점에 대한 관점을 갖추는 것은 미스터리, 나아가 소설을 보다 제대로 읽는 데 있어 하나의 커다란 무기가 될 것이다.

◈ 4장 ◈

의외의 범인은 '의외'가 아니다

꽤 오래전 일이지만, 단행본팀으로 옮기고 난 직후
밀실을 테마로 한 앤솔로지를 담당할 기회가 있었다.
처음으로 담당하는 미스터리였기에
엄청 신경을 써서 내용 소개 및 띠지 카피를 궁리했다.
그때 '의외의 범인'이라는 카피를 썼다가 상사에게 "뭐야, 이 카피는!"이라고 혼이 났다.
상사는 "미스터리니까 범인이 의외인 것은 당연하지.
그렇게 당연한 내용이 아니라 조금 다른 것을 써 봐"라고 지시했다.
지당한 말이라고 생각했다.

범인처럼 보이는 사람은 범인이 아니다?

명백히 수상해 보이는 인물이 범인이라면 그 미스터리는 무척이나 재미없으리라. 얼핏 보면 그렇게 보이지 않는 사람, 악행에서 멀어 보이는 사람이 범인이기에 재미있는 법이다.

하지만 그런 수법에 깔끔하게 속아주는 것은 미스터리를 막 읽기 시작한 초보자 혹은 범인을 맞히고자 하는 생각이 눈곱만큼도 없는 고마운 독자 정도다. 조금만 익숙해지면 '이렇게 수상하게 적혀 있는 것을 보니 분명 범인이 아니겠군' 하며 알게 된다. 경우에 따라서는 '가장 범인처럼 보이지 않으니까 이 녀석이 범인일까'라고 역으로 예상하게 될지도 모른다. 그리고 그런 예상은 꽤 큰 확률로 들어맞기도 한다.

중요한 것은 거기에 도달하는 단서나 추리의 과정이기에

어림짐작으로 이름만을 맞혔다고 해서 큰 문제가 되지는 않지만, 그래도 역시 조금은 분하다. 아니, 분하다기보다는 아쉽다는 표현이 맞을지 모른다.

작가는 '범인을 맞히는 것'만이 미스터리의 재미는 아니라고 생각하며 소설을 쓸 것이며, 편집자도 그렇게 생각하며 책을 만든다. 그렇긴 하지만 '누가 범인일까?'는 여전히 미스터리를 읽게 하는 중요한 동기라 할 수 있다.

시작은 '범인 맞히기'

'후더닛'이라는 단어를 들어 본 적이 있을지 모르겠다.

이것은 'WhodunitWho done it'을 말하며, '범인은 누구인가'라는 수수께끼를 주안점으로 둔 미스터리를 가리킨다.

본격 미스터리 장르에서는 후더닛을 공정하게 집필했다는 증거로서 해결 파트 앞에

이미 모든 단서는 제시되었다. 주어진 단서를 논리적으로 조합하면 반드시 범인에 도달할 수 있을 것이다.

○○을 죽인 것은 누구일까? 독자 여러분의 건투를 빈다.

이런 형태로 '독자에 대한 도전'이 삽입될 때가 있다.

《로마 모자 미스터리》 이후의 엘러리 퀸의 **국명**國名 **시리즈**

에는 대부분 이 '독자에 대한 도전'이 들어가 있고, **《21번가의 살인자**L'Assassin habite au 21》S. A. 스티먼에서는 "아직 범인을 찾아내지 못한 독자에게"라는 무척이나 도발적인 문구가 두 번이나 삽입되어 있다.

도전 문구가 여러 차례 들어 있는 작품은 그 밖에도 많지만, **《쌍두의 악마》**아리스가와 아리스를 최고봉으로 꼽을 수 있다. 무려 작중에 세 번에 걸쳐서 '독자에 대한 도전'이 삽입되어 있다. 그것도 단순히 횟수가 많은 것뿐만 아니라 각각 제대로 의미가 있다. 무슨 말인지 궁금하다면 꼭 실제로 읽고 확인해 주었으면 한다.

'독자에 대한 도전'은 미스터리의 양식미樣式美 중 하나이기도 하고, 잠시 멈춰 서서 범인을 추리해 보기를 바란다는 작가의 요청이기도 하지만, 실제로 손을 멈추고 추리하는 사람은 의외로 적지 않을까.

그 이유 중 하나는 메모라도 해두지 않는 이상 세세하게 기억이 유지되지 않는다는 점을 꼽을 수 있다. 그리고 또 하나는 빨리 다음 내용을 읽고 싶다는 욕구가 더욱 크기 때문이다.

물론 실제 사건이 아니기에 멈춰 서서 추리하지 않았다고 하든, 잘못된 범인을 지적했다고 하든 아무런 문제가 되지 않는다.

하지만 제대로 추리하지 않으면 희생자가 늘어나며, 그뿐 아니라 자신도 희생자가 되는 미스터리가 존재한다.

'카마이타치의 밤'아비코 다케마루/춘소프트이라는 게임이다. 사운드 노벨이라 불리는 이 작품에서는 이미지와 BGM으로 장식된 화면 속 텍스트를 읽으면서 이야기를 쫓아간다. 플레이어는 등장인물 중 한 명이 되며, 그의 시점으로 이야기가 진행된다. 그렇기에 플레이어와 게임의 주인공은 같은 것을 보고 듣는다.

중간중간 선택지가 나오며 그때마다 적절한 판단, 추리를 하지 않으면 참극을 막지 못하고 자신도 그중 한 명이 되고 만다. 적당히 플레이했다가는 사건은 영원히 해결할 수 없으며, 생환 여부도 의심스럽다.

게임북이라는 형식도 있긴 하지만, 복잡하게 얽힌 선택지와 분기는 아무래도 완벽하게 처리할 수 없을 테고, 그럴 마음만 있다면 먼저 결말을 읽어버릴 수도 있으니까 그다지 적합하다고는 할 수 없다.

'내가 제대로 하지 않으면 사건을 해결할 수 없다'는 압박감을 이렇게까지 직접적으로 느끼게 하는 작품은 이 '카마이타치의 밤'을 빼고 달리 없을 것이다.

이야기가 새고 말았지만 과거의 미스터리는 대부분 후더닛으로, 이야기 속에서 형사나 탐정이 범인을 찾아내는 식이었다. 탐정과 범인의 두뇌 대결은 그대로 독자와 범인과의 두뇌 대결이자, 대등하게 주어진 단서를 바탕으로 탐정과 독자 중 누가 먼저 진상에 도달하는지에 관한 경쟁이기도 했다. 이 경우, 모든 것은 소설 내에서 완결된다.

하지만 미스터리라는 장르의 발전과 함께 작품이 양산되어 이 '후더닛'의 변종에도 한계가 생기게 된다. 제한된 등장인물과 무대 설정 속에서 '누가 범인인가'라는 수수께끼와 해결을 생각하는 것이기에 수법이 다양하게 늘어나기가 쉽지 않다.

그런 가운데 생겨난 변화가 '1인 ○역'으로, 가장 유명한 것은 세바스티앙 자프리조의 **《신데렐라의 함정》**이다. 어설픈 줄거리 설명보다도 소개문에 적힌 "나는 그 사건의 탐정입니다. 또 증인입니다. 그리고 피해자입니다. 게다가 범인이기도 합니다"라는 한 문장이 이 작품의 성격을 웅변해 준다.

이런 취향의 작품에는 "나는 이 사건의 범인이자, 탐정이자, 그리고 아무래도 피해자도 될 것 같다"라는 첫 문장으로 시작하는 **《고양이 혀에 못을 박아라**猫の舌に釘を撃て**》**쓰즈키 미치오都筑道夫나, 서두에 "이 추리소설 안에 잠재된 진범은 당신입니

다"라고 선언하는 《**가제·중학 살인사건**仮題·中学殺人事件》쓰지 마사키辻真先 등도 있다.

이들 작품은 띠지나 표지의 내용 소개에 해당 내용이 적혀 있거나, 책을 읽기 시작하면 바로 알 수 있으므로 작품명과 함께 소개했다. 하지만 이들 작품 외에도 제목은 숨겨두지만 '독자=범인'인 매우 유명한 작품과 '1인 6역' 등도 존재한다.

그렇긴 하지만, 이런 작품은 특성상 그렇게 많이 출현하기 어렵다.

이 후더닛의 제약을 정공법으로 돌파하고자 하는 시도도 물론 많이 있었다.

범인은 대개 A, B, C……라는 용의자 중에서 지명된다. 그것이 Z까지 넓어져서 후보가 26명으로 늘었다고 하더라도 제한된 리스트에서 범인을 고른다는 것에는 차이가 없다. 그런 의미에서 진정한 의외성은 발현할 수 없다.

하지만 여기에서 진범으로 α라는 인물이 지명된다면 어떻게 될까. 독자뿐 아니라 등장인물도 분명 놀랄 테지만, 동시에 "뭐야, 그게!", "비겁하잖아!"라는 불평이 터져 나오리라.

하지만 최종적으로는 "소개합니다. A, 다시 말해 α씨입니다"처럼 갑자기 나타난 미지의 인물 α는 실은 A와 동일인물이었다는 식으로 해결한다. 이런 식으로 당초의 인물 배치를 그대로 유지하면서 용의자 리스트 범위 밖에서 범인을 끌어오는 절묘한 기술이 성립하게 된다.

나아가 '벌스턴 갬빗Birlstone Gambit'이라는 방법도 있는데, 이것은 '범인을 피해자로 만들어 용의자 리스트에서 일단 퇴장시키는 것'을 의미한다.

갬빗이란 체스 용어로, 말을 상대에게 잡히는 대신 판세를 유리하게 이끄는 것을 말한다. 즉, '손해를 보며 이득을 취하는' 전술이다.

물론 실제로는 죽지 않았으니 행방불명 상태로 만들어 죽었다고 생각하게 하거나, 처참한 사건 현장을 만들어 누구도 가까이 다가갈 수 없고 다가가고 싶지 않게 하거나, 검시를 하는 인물과 결탁하는 등 다양한 책략을 통해 '죽은 척'을 한다. 작중 인물과 독자 모두 죽은 이는 용의자 리스트에서 제외하므로 그 틈을 노리는 것이다.

그럼에도 역시 범인은 등장인물 목록 내에 존재해야 하는 법이다.

초능력자는 범인이 될 수 없다

이렇게 미스터리는 후더닛의 다음 전개를 모색하여 점차 '어째서 그런 일이 벌어지게 되었는가?', '어떻게 하면 그런 일이 가능할까?'라는 '하우더닛Howdunit/How done it'도 중시하기 시작하게 되었다.

'범인은 어떻게 밀실을 만들었는가?', '범인은 어떻게 이 거리를 단번에 이동했는가?', '어떻게 하면 이미 죽은 인물이 살인을 저지를 수 있는가?' 등등이다.

이러한 수수께끼가 설정되면 누가 범인인지 밝혀내는 것 말고도 관심을 끌 수 있으며, 어림짐작으로 범인을 알았다고 하더라도 작품의 재미가 떨어지지 않는다.

한때 후더닛과 하우더닛의 하이브리드와도 같은 미스터리가 융성했지만 여기에서 또다시 벽에 부딪히고 만다.

바로 물리법칙의 한계다.

미스터리는 '주어진 단서를 논리적으로 조합하면 모순 없이 유일한 진상에 도달'할 수 있어야만 한다.

즉, 수수께끼 풀이는 자연계의 법칙을 넘어설 수 없다는 말이다.

문을 통과할 수 있는 인간이나 염력을 사용할 수 있는 인간이 있다면 밀실은 얼마든지 만들 수 있지만, 그래서는 독자가 납득할 수 없다. 실은 이런 '이세계異世界 설정'을 살린 미스터리도 있으며 서브 장르를 구성할 정도로 작품도 다양하지만, 그것에 관해서는 9장 '무엇을 위해 세계를 만드는가?'에서 자세히 논하도록 하겠다.

2장에서 다룬 존 딕슨 카의 〈밀실 강의〉를 들여다보는 것만으로도 '세상에는 이렇게 밀실을 만들 방법이 많이 있는가' 하고 놀랄 것이다. 그리고 지금도 밀실을 테마로 한 다양한 신간이 출간되고 있다.

하지만 과학 기술의 진보 덕에 밀실을 만드는 방법이 늘어난다고 해도 자연법칙을 거스르지 않고 만들 수 있는 밀실에는 한계가 있다.

이동 수단만 보더라도 순간 이동이나 워프가 가능한 것도 아니고, 시간상 불가능한 범행에는 그 이면에 무언가의 트력이 있는 법이다. 현대과학에서는 인력으로 공간을 일그러뜨릴 수 없으며, 시간도 조작할 수 없다.

결과적으로 하우더닛에도 한계가 찾아오게 된다.

범인을 알고 읽어도 재미있다

이후 수수께끼 풀이의 재미를 추구하는 길은 크게 두 가지로 나뉜다. '와이더닛'이라는 방향과 '서술 트릭'이라는 방향이다. 이 양자를 현재의 큰 흐름이라고 해도 좋으리라.

와이더닛이란 'Whydunit Why done it'을 말하며, 수수께끼의 방향성으로 보면 '왜 그런 일을 저질렀는가?'라는 동기의 의외성을 중시한 작품이다.

이것은 소설 안의 이야기이자 독자와 등장인물은 같은 세계를 보고 있기에 기존 방법의 연장선상이라고 말할 수 있다. 이유에 주안점을 둔 만큼 범인을 알았다고 해서 재미가 반감되지 않으며, 경우에 따라서는 처음부터 범인을 알고 있고 '왜 범인은 그런 일을 저질렀는가?'가 이야기를 관철하는 수수께끼일 때도 있다.

의외의 동기를 대표하는 작품으로는 〈**애도 기관차**とむらい機關車〉(오사카 게이키치大阪圭吉 《애도 기관차》 수록)를 꼽을 수 있다. 이 작품은 이후에도 다양한 변주곡을 낳게 된다. 나아가 렌조 미키히코의 〈**화학의 부**花虐の賦〉(《초대초야정宵待草夜情》 수록)를 읽으면 상상을 초월하는 동기와 그 행동, 그리고 설득력을 지니게 하는 문장력에 전율하게 되며, 최근에는 요네자와 호노부의 〈**만원**〉(《야경》 수록)에 나오는, 범행에 부속하는 어느 이유에 관해서는 도저히 예상할 수 없으리라.

일본 3대 기서 중 하나로도 꼽히는 《**허무에의 제물**》나카이 히데오은 그 최고봉이다. 마지막 부분에 명백해지는 '범인'과 그 '동기'는 아마도 처음 읽는 단계에서는 아무리 열심히 상상한다 하더라도 예상의 범주에 스치지도 못할 것이다. 역대 미스터리 랭킹에서는 반드시 상위에 오르며 많은 작가에게 영향을 준 거대한 기념비 같은 작품이다. 《**미네르바의 부엉이는 황혼에 날아오를까?**ミネルヴァの梟は黄昏に飛びたつか？》가사이 기요시에서는 이 작품에 대해 "오른손으로 스웨터를 짜면서 왼손으로는 그 실을 푼다는, 구축과 탈구축의 자기 모순적인 이중성이 새겨져 있다"라고 표현하는데, 이 "오른손으로 스웨터를 짜면서 왼손으로는 그 실을 푼다"는 평가 이상으로 이 작품의 매력과 핵심을 단적으로 표현하는 말은 없을 것이

다. 이 비유가 무엇을 의미하는지는 작품을 다 읽으면 반드시 알게 될 것이며, 분명 이 표현의 적확함에 감동할 것이다.

앞서서 범인을 처음부터 알고 시작하는 작품도 있다고 적었는데, **《활자 잔혹극》**루스 렌델에 이르러서는 "유니스 파치먼은 읽을 줄도 쓸 줄도 몰랐기 때문에 커버데일 일가를 죽였다"라고, 첫 문장에 범인과 범행 이유 모두 적어두는 공격적인 구성을 띠게 된다. 이런 내용이 적혀 있다면, '어지간한 정도로는 설득당하지 않겠어'라는 심술궂은 생각도 떠오르지만, 읽는 도중에 그런 마음은 사라지고 어느덧 영국 시골 마을에서 벌어지는 악몽에 흠뻑 빠져 들게 된다.

이 흐름을 조금 더 말해 보면 '왓더닛Whatdunit/What done it'도 있다.

앞서 소개한 《하늘을 나는 말》에 수록된 **〈설탕 합전〉**이나 《셜록 홈스의 모험》의 **〈빨간 머리 연맹〉**을 읽으면 '어째서 이런 일을 벌이고 있는 것일까?'라는 의문은 물론이고, '도대체 여기에서는 무슨 일이 벌어지고 있는 것일까?'라는 보다 근본적인 부분까지 신경 쓰게 된다. 이 '무엇'에 대한 수수께끼가 왓더닛이다.

또한 작중 인물도 물론 '무슨 일이 벌어지고 있는 거지?'

하며 당황하지만, 절묘한 구성 덕에 이야기 바깥에 있는 독자 측이 더욱더 혼란에 깊숙이 빠지는 유형의 작품도 있다.

온다 리쿠의 **《호텔 정원에서 생긴 일》**에서는 그 다층 구조와 어지럽게 반전하는 안과 밖에 현혹되면서 읽어 나가는 동안에 복잡하게 얽힌 요소가 머릿속에서 단번에 정리되어 거대한 성을 쌓아 올리는 순간이 찾아온다.

《호수 바닥의 축제湖底のまつり**》**아와사카 쓰마오를 읽으면 도중에 반드시 '어? 무슨 말이지?' 하며 페이지를 앞으로 되돌려 확인하지 않을 수 없게 되며, **《상자 속의 실락**匣の中の失楽**》**다케모토 겐지竹本健治은 장이 나아감과 동시에 더더욱 교착하게 되는 '현실'과 '가공'이 마지막에는 읽는 이의 '현실'을 무너뜨리는 것 같은 멀미나는 독서 체험을 선사한다.

《상자 속의 실락》은 **《도구라 마구라》**유메노 규사쿠, **《흑사관 살인사건》**오구리 무시타로, 《허무에의 제물》이라는 3대 기서를 의식하여 쓰였다고도 전해지며, 그 뒤를 바싹 좇는 '4대 기서'라고 불리기도 한다. 해독이나 해석에 고민이 될 때는(혼자서 그것을 계속해서 생각하는 것도 독서의 큰 즐거움 중 하나지만), 후타바문고판 권말에 실린 창작 노트, 대담, 논고집 등의 자료가 큰 참고가 될 것이다.

범인 vs 탐정에서, 작가 vs 독자로

이처럼 작품을 벗어나서 독자에게 직접 작용하는 기술을 끝까지 파고들면 서술 트릭이 된다.

작품 세계 안에서 벌어지는 탐정과 범인의 줄다리기와는 별도로, 문장 표현이라는 특성을 살려 착각이나 선입견을 능숙하게 이용하여 독자의 의식을 특정한 방향으로 유도하는 것이다.

미스터리에서 '주의를 돌린다'는 의미로 사용되는 말로 '미스디렉션'이 있다. 명백하게 수상한 요소를 배치하여 독자의 관심을 핵심에서 멀어지게 하는 것을 말한다. 본론과 다른 방향으로 눈을 돌리게 하면서 눈앞에 당당히 마술 소재를 심는다.

서술 트릭도 물론 미스디렉션의 일종이지만, 어느 특정한 오해를 촉진하는 듯한 서술 방식이라는 의미에서는 '디렉션'이라고 말할 수도 있다.

서술 트릭은 아니지만, '디렉션'의 예로 떠오르는 작품으로 〈**유령 아내**幽霊妻〉(오사카 게이키치 《긴자 유령銀座幽霊》 수록)가 있다. 제목에서 이미 시작된 놀라운 '유도' 끝에 도착한 진상은 사람에 따라서는 넋이 나가버릴지도 모르지만, 다시 되돌아 읽어 보면(일인칭, 거기다가 회고라는 점에 주의!) 무척이나 세심하게 서술되어 있다는 사실을 깨달을 것이다.

앞장에서 소개한 남녀를 착각하게 하는 것도 서술 트릭이며, 그 밖에도 나이를 착각하게 하는 것, 연대를 착각하게 하는 것, 장소를 오인시키는 것 등 다양한 방식이 있다. 장의 구성, 시점 인물, 주관과 객관 등을 바꿔 공간이나 시간의 인식을 몰래 바꿔치기한다.

예를 들어 같은 성을 가진 인물이 일인칭으로 같은 수수께끼를 쫓고 있지만, 장이 바뀌면 시대도 바뀌며 실은 아버지와 딸이 각자의 시점으로 말하는 이야기가 있다고 치자.

특별히 마음의 대비를 하지 않으면 같은 성이기에 동일 인물이라고 생각하고 읽게 될 것이다. 쓰는 이도 그것을 기대한다. 하지만 주의해서 읽으면 아버지 때는 시대적으로 휴대전화를 사용하지 않는다거나, 거리에서 보이는 자동차나 간판, TV 광고, 패션 유행이 다르다거나 하는 세세한 차이가 복선으로 깔려 있을 것이다.

작중 등장인물은 눈앞의 인간이 남자인지 여자인지 알고 있고, 자신이 사는 시대를 당연하게 받아들이고 있기에 시대 배경을 설명하지 않는다. 일인칭 화자는 굳이 자신에 관해 세세하게 묘사하지도 않는다. 바깥에서 보고 있는 독자에게 등장인물들의 '당연한 사실'은 묘사되지 않는 부분에 속해 있기 때문에 알 방법이 없다. 설명이 없는 것에 관해서는 전후 관계나 현재의 상식을 끌어 와서 생각할 수밖에 없기에 자연스레 오해와 착각을 불러일으킨다.

서술 트릭은 이렇게 작가가 독자에게 직접 던지는 속임수 기법 중 하나다.

서술 트릭의 명작을 소개하고 싶은 마음은 굴뚝같지만, 구체적인 수법을 공개하지 않더라도 '서술 트릭이 있는 작품입니다'라고 말한 순간 독자는 '서술 트릭이 있다'며 마음을 단단히 먹게 되므로 실질적으로 스포일러와 마찬가지다.

서술 트릭이 가장 효과적으로 기능하는 순간은 예측하지 않은 시점에 '설마, 여기에 속임수가 있었다니!' 하며 갑작스러운 놀라움이 찾아왔을 때다.

'어차피 무언가 숨겨져 있겠지' 하며 경계심을 가득 품은 채 읽는다면, 제아무리 정교하게 심어 놓은 트릭이라고 하더라도 그리 간단히는 속아주지 않는다.

그 대신이라고 할 수는 없겠지만 서술 트릭보다 한 단계 위를 걷는 작품, 책 그 자체에 속임수가 입혀져 있는 작품을 소개하겠다.

아와사카 쓰마오의 《**산 자와 죽은 자**生者と死者》. 이것은 종이책이라는 특성에 의존하기 때문에 전자책으로는 결코 실현할 수 없다.

구입 시, 16페이지마다 봉철(사실은 절折이라는 제본상 구조를 능숙하게 사용하였지만, 여기에서는 설명을 간략화하기 위해 '봉철'이라 하겠다)이 되어 있다. 우선은 그대로 단편소설로서 읽는다. 다음으로 봉철되어 있는 페이지를 연다. 그러면 그 사이에 있던 14페이지가 나타나서 전체가 장편소설로 변신한다. 놀라운 점은 처음에 단편으로서 읽은 페이지는 그대로 장편에 녹아들어 단편의 일부이기도 하며 동시에 장편의 일부도 된다. 이런 일이 실제로 가능하다니, 말도 안 된다는 생각이 들 것이다.

이 구조를 떠올린 사람은 아와사카 쓰마오 말고도 있을지 모른다. 하지만 보통은 거기에서 그칠 뿐 실제로 가능하리라고 생각한 사람은 없을 것이다. 하지만 아와사카 쓰마오는 해보고자 생각한 것뿐 아니라 정말로 작품으로 완성하여 책으로까지 만들어버렸다. 기적과도 같은 책이다. 차원을 뛰어넘는 신묘한 기술을 꼭 한번 만끽하길 바란다.

이 《산 자와 죽은 자》와 마찬가지로 요기 간지 시리즈 중 **《행복의 서**しあわせの書》도 책 그 자체에 속임수가 있는 작품이다. 이것도 전자책으로는 제대로 맛볼 수 없다.

복합적인 방식으로 전개되는 미스터리 경향

'수수께끼의 주안점'에 관해 다양하게 해설했지만, 앞으로 가장 다양한 방식으로 전개될 가능성이 있는 것은 '와이더닛'일 것이다.

서술 트릭도 독서 경험이 어느 정도 쌓이면 변형이 보이기 시작하며, 구체적으로는 알지 못하더라도 '뭔가 속임수를 쓰고 있네' 정도는 희미하게 깨닫게 된다. 아직 보지 못한 서술 트릭도 분명 많겠지만, 그렇게 간단하게 새로운 기술을 발휘할 수는 없을 것으로 보인다. 무엇보다 3장 '공정과 불공정 사이'에서도 논한 것처럼, 작가 입장에서는 서술 트릭으로 소설을 쓰기에는 꽤 큰 제약이 있기에 '뭐든 가능한' 것도 아니다.

하지만 동기는 마음의 문제다. 물리법칙과 달리 명백한 한계가 없으며, 상황 설정에 따라서는 아무리 황당한 동기에도 설득력을 부여할 수 있다. 그것은 쓰는 이의 솜씨에 달려 있다.

현대 미스터리는 수수께끼 제시와 관련하여, 그야말로 한 가지를 선택하기보다는 여러 가지 복합적인 기술을 사용하여 다중적인 수수께끼 풀이를 전개하는 단계에 들어서 있다.

심플한 범인 찾기의 구조를 남기면서도, 마니아도 즐길 수 있는 서술 트릭을 몰래 심어두는 식이다.

정통을 따르는 것처럼 보여 방심하게 만든 후에 예상치 못한 부분에서 혼신의 일격을 내리찍는다. 공격하는 쪽도 당하는 쪽도 이를 넘어서는 쾌감은 없다.

◈ 5장 ◈

좋은 복선은 다르다

매력적인 수수께끼를 제시하고 범인이나 수수께끼 풀이의 방향성을 정했다면,
남은 것은 이들이 제대로 기능하도록 복선을 배치하는 일이다.
제아무리 아름다운 수수께끼가 있더라도 단서가 없으면 논리의 탑은 쌓아올릴 수 없고,
해결 파트에서 갑자기 "사실은"이라며 증거를 보여준다 하더라도
늦게 내는 가위바위보로밖에 생각되지 않는다.
이상적인 복선이란 이야기 속에서 자연스레 기억에 심어지는 것,
인상에는 남지만 억지스럽지 않은 것이다.
아름다운 복선을 깔기란 쉽지 않지만 그것에 성공한다면 이보다 멋진 것은 없다.
복선이란 분명 미스터리의 볼거리 중 하나다.
그렇다면 능숙한 복선이란 어떤 것일까.

좋은 복선은 기억에 남는다

우선 영상처럼 머릿속에 남아야 한다. 장면으로 떠오른다고 바꿔 말해도 좋다. 데이터적인 면을 아무리 적는다 하더라도 재미가 없으면 대충 읽어 넘기게 되고, 쓸데없이 세세한 이야기는 기억하기 무척 어렵다.

책장 위에서 두 번째 단에 두꺼운 책이 박스째 꽂혀 있고, 거기에 큰 의미가 있다고 치자. 그리고 그 책 안에 페이지가 찢겨 있고 그 안에 마약이 들어 있다고 해보자. 그것을 복선으로 제시하려면 어떻게 해야 할까.

방의 주인이 책을 좋아하는 사람이라고 설정하고, 책장에 꽂혀 있는 책의 이름을 나열하는 방법이 있다. 이런 식이다.

미스터리를 좋아하는 사람답게 애거서 크리스티의 책이 주욱 꽂혀 있었다. 《오리엔탈 특급 살인》, 《3막의 비극》, 《애크로이드 살인사건》, 《잠자는 살인》, 《코끼리는 기억한다》, 《마술 살인》, 《초 마법적 주제》, 《푸아로의 크리스마스》, 《커튼》 등등.

이래서는 '아, 애거서 크리스티의 책이 있구나' 하고 넘기게 되는 것이 보통이다. 이 안에서 애거서 크리스티의 작품이 아닌 것은 《초 마법적 주제Metamagical Themas》로, 판형이 크고 엄청나게 두꺼우며 판에 따라서는 케이스에 들어가 있는 책도 있지만, 그런 것은 책에 대해 모르면 알 방도가 없다.

이를 바탕으로 '독서 경향과는 관계가 없는 두꺼운 책이 있었다'는 복선으로 삼는 것은 매우 어렵다. 복선이라고 주장하는 것은 자유지만, 그렇게 의식해 주는 독자는 별로 없으며 무엇보다 볼품없다. 대다수가 작품명은 단순한 나열이라고 생각하고 넘겨버릴 것이다. 애초에 《초 마법적 주제》가 어떤 책인지 모른다면 복선이 되지 않는다.

그렇다면 어떻게 하면 좋을까. 에피소드로서, 장면으로서 뇌리에 인상이 남도록 해야만 한다.

사소한 일로 말싸움이 일어났고 끝내는 상대가 나를 밀쳐 어깨가

벽 앞의 책장에 부딪혔다. 위에서부터 펄럭펄럭 책이 떨어져 내렸고, 케이스에 들어 있는 두꺼운 책 한 권이 정수리를 직격했다. 다만 부딪힌 위치가 나쁘지 않았는지, 아니면 취해 있어서인지, 혹도 생기지 않고 크게 아프지도 않았다.

그건 다행이었지만, 눈앞의 남자는 발칙하게도 직격을 맞은 내가 아니라 떨어진 책으로 뛰어가서 이쪽에 등을 향한 채 책이 무사한지 확인했다. 도대체 얼마나 중요한 책인지는 모르지만 아무리 그래도 이건 아니지 않은가.

이런 식의 서술이라면 케이스에 들어 있는 두꺼운 책이 있다는 점, 그 책이 실은 가볍다는 점 등을 '인간보다도 책을 중요시하는' 에피소드인 척하며 전할 수 있다. 이후 "떨어져서 바닥에 널브러진 책은 전부 애거서 크리스티의 책으로, 그녀의 팬이라는 사실을 알 수 있었다"는 내용도 적어두면 케이스에 들어 있는 책이 평범하지 않다는 것도 함축적으로 전할 수 있다. 덧붙여 말하자면 크고 무거운 책은 보통 책장 하단에 꽂지 위쪽에는 잘 두지 않는다.

비주얼로 인상에 남고, 나중에 '그렇구나. 그런 거였구나!' 하고 무릎을 치게 만드는 복선 중에 가장 먼저 떠오르는 것은 **《시계관의 살인》**아야츠지 유키토이지만, 복선을 구체적으로 설명하는 것은 스포일러 그 자체이므로 여기에서는 작품명만 남겨두기로 한다. 인상적이기에 절대로 잊을 수 없는 광경이며, 진상을 알게 되면 어떤 일이 벌어졌던 것인지 단번에 알 수 있는 우아한 복선이다. 이야기 면에서도 클라이맥스의 아름다움은 시리즈 중 최고라 할 수 있으므로 아직 읽지 않은 분은 꼭(가능하면 십각관, 수차관, 미로관, 인형관, 그리고 시계관이라는 **관 시리즈**를 출간순으로) 읽었으면 한다.

복선은 이중적인 의미를 지녀야 한다

앞서 소개한 예문에서 중요한 것이 한 가지 더 있다면 '책을 좋아하는 사람을 말하는 에피소드'인 척을 하고 있다는 점이다. 어떤 광경이 세세히 묘사되어 있거나 뇌리에 인상적인 에피소드로 남은 경우, 미스터리에 익숙한 독자는 '자세히는 모르겠지만 분명 무언가의 복선인 것 같다'는 정도는 깨닫게 된다.

물론 그 정도의 예측은 겁낼 정도도 아니고 복선이라고 인식해 주니까 고마운 일이지만, 그래도 역시 놀라움은 반감될 것이다.

바람직한 것은 '그런 것이었어?'라고 생각하게 만드는 것이다. 이 예시로 말하자면, '책을 이상할 정도로 소중히 여긴다'는 것을 설명하는 에피소드라고 생각했지만, 완전히 다른 이유로 깔린 복선이었다는 사실을 깨닫고 놀라게 하는 것이 중요하다.

이것은 복선이 있다는 것 자체는 '깨달았지만', 그 진의는 '깨닫지 못한' 것이기에 분함도 더해져서 매우 효과적이다.

능숙한 수수께끼와 복선이 담긴 작품으로 다카기 아키미쓰의 **《인형은 왜 살해되는가》**를 꼽을 수 있다.

줄거리 소개에는 "사라진 인형, 인형 대신 살해된 여자. 범인은 왜 자신의 범행을 예고하는가"라고 적혀 있으며, 이후 열차 사고가 발생한다. 해결 파트에서 '인형이 살해당한 이유'에 감동할 것이 분명한 수수께끼와 복선의 관계, 그리고 와이더닛으로서 부족함이 없는 작품이다.

이처럼 다른 의미로 해석되던 에피소드가 해결 파트에서 진짜 모습을 드러내고, 그것이 하나로 합쳐져서 최종적으로는 완전히 다른 세계를 보여주는 것이 미스터리의 진면목이다.

"세계가 반전한다"는 평을 본 적이 있을지 모르겠는데, 실로 그 말 그대로다. 눈앞의 사정은 달라지지 않았지만 그것이 갖는 의미가 변화함으로써 세계가 완전히 뒤집히게 된다.

그러기 위해서는 반드시 정성스레 복선을 배치해야 하며, 또한 대단한 복선을 하나 생각해 냈다고 그것으로 만족해서는 안 된다.

아무리 대단한 야구선수도 4할은 때리지 못한다

복선 열 개를 깔았다고 해도 독자는 많아야 세 개 정도밖에 깨닫지 못하고, 그렇게 깨달은 복선을 끝까지 기억해 주지도 않는다. 열심히 복선을 깔았는데 반도 제대로 작용하지 않는 것은 실망스러울지도 모르지만, 그럴 때는 명예의 전당에 오른 야구선수 이치로조차도 4할은 치지 못했다고 생각하며 포기하는 수밖에 없다.

엄청난 복선을 한 방 제대로 먹였다고 해서 독자가 그것을 깨닫고 기억을 떠올린 후에 '복선이었구나!' 하고 알아주기란 좀처럼 쉽지 않다는 말이다.

또한 복선은 글 전체에 골고루 배치하는 것이 중요하다. 한 군데에 여러 개의 복선을 깐다고 하더라도 그곳을 건너뛰어서 읽으면 끝이고, 종반에 연이어 복선이 나오면 밀린

여름방학 숙제하기 같은 인상을 주고 만다. 서두의 복선은 잊어버릴 가능성이 크기에 도중에 약간의 대사 등으로 '복습'을 시켜주는 것도 좋다.

해결 파트를 읽다가 '그런 장면이 있었나?'라고 생각한 적이 있을 것이다.

기억이 난다고 해도 '그러고 보니 있었던 것도 같네' 정도의 애매한 기억만 남아 있을 때도 적지 않다. 더구나 독자 모두가 책을 한 호흡으로 처음부터 끝까지 읽지는 않기에 오랜 시간에 걸쳐 읽는 동안 기억은 차례로 흐려지게 된다.

그것을 탓할 수는 없으며 독자의 기억을 조작할 수도 없다. 쓰는 이가 할 수 있는 유일한 방법은 능숙하게 복선을 여러 발 배치해서 하나라도 많은 단서를 인상에 남기는 것, 그것뿐이다.

해결 파트에 회상 장면을 넣어서 복선 장면에 대한 기억을 환기시킬 수도 있다. 하지만 문자만으로 이루어진 데이터 복선이라면 그것도 쉽지 않다. "써두었잖아"라고 변명해 본들, "그런 걸 일일이 어떻게 기억해"라는 반응이 나오게 된다.

그러므로 비주얼로 복선을 남기라는 것이다. "이런 장면이 있었잖아"라면 떠올릴 확률은 크게 높아진다.

그리고 직접적인 단서만이 복선이 되는 것도 아니다.

진짜로 사용하고 싶은 복선이 너무 드러나지 않게끔, 그리고 과하게 눈에 띄지 않게끔 사전에 예습을 시켜두는 것도 중요한 역할 중 하나다.

술에 독을 타서 마시게 한다는 '진짜 복선'이 갑자기 눈에 띄지 않도록 범인은 평소에도 누구든 상관하지 않고 술을 권한다거나, 피해자에게는 저녁밥을 먹으며 항상 술을 곁들이는 습관이 있었다거나 하는 등의 내용을 여봐란듯이 적어두는 것도 중요한 복선이다.

복선을 깨닫는지 못하는지는 독자 측에 전적으로 의존한다. 나중에 하나하나 "실은 ○페이지에 ××라고 적어두었던 것이 복선입니다"라고 설명하는 것은 흥이 깨지는 일이며, 작가의 미숙함을 드러내는 것과 마찬가지이기에 보통은 하지 않는다.

하지만 무슨 일이건 예외는 있다. 카터 딕슨의 **《공작 깃털 살인사건**The Peacock Feather Murders**》**이라는 작품에서는 해결 파트에서 탐정이 모든 복선을 회수하며 해설한다. 그것도 친절하게 주석에 페이지까지 적어준다. 이것을 읽으면 자신이 얼마만큼 복선을 깨닫지 못하고 넘겨버렸는지를 알고 놀랄 테지만, 독자가 복선을 얼마나 '깨달아줄 것인가'라는 의미에서 참고가 된다.

알지 못하는 인과관계는 연결할 수 없다

막상 복선을 까는 단계가 되어 누구나 직면하는 것이 '이렇게 노골적으로 적어두어도 되는 것일까?'라는 불안의 벽이다.

결론부터 말하자면 그것은 기우에 불과하다. 마음껏 대담하게 복선을 깔아도 된다. 확실하게 인과관계가 제시되지 않는 이상, 제아무리 속임수가 티가 난다 해도 간파당하지 않는다.

하지만 이렇게 말해도 안심이 되지 않을 테니 마술 세계의 말을 빌려서 설명해 보겠다. 마술 세계에서는 '앞으로 일어나는 현상을 먼저 말해서는 안 된다'는 규칙이 있다. "모자에서 비둘기가 나올 거예요"라거나 "펜이 손수건으로 변합니다"라고 선언한 후에 연기를 하지 말라는 뜻이다.

그 이유 중 하나는 앞으로 일어날 현상을 예고하면 놀라움이 반감되기 때문이다. 예고가 있든 없든 비둘기가 갑자기 나타나면 분명 놀랄 테지만, 무슨 일이 일어나는지 알지 못하는 상태에서 갑자기 비둘기를 꺼내는 편이 놀라움은 훨씬 클 것이다.

미스터리도 마찬가지다. "이때는 알 턱이 없었다"거나 "그것이 그와 이야기를 나눈 마지막 기회였다" 등 뒤이어 일어날 일에 대해 미리부터 너무 뉘앙스를 많이 남기면 실제로 일어났을 때의 충격이 약해지며, 경우에 따라서는 이후의 일을 예상할 수 있게 된다. 인간은 '예측할 수 있었던 것', '알고 있는 것'에 대해서는 반응이 둔해지는 법이다.

또 하나의 이유는 앞으로 무슨 일이 일어날지 모르는 상태라면 벌어지는 일의 의미를 정확하게는 파악할 수 없기 때문이다.

뇌는 눈앞에서 벌어지는 일에 무리해서라도 의미를 붙이려고 한다. 잘 모르는 상태라면 마음이 불편하기 때문이다. 하지만 자신이 알고 있는 사실을 바탕으로 생각할 수밖에 없기에 그 시점에는 아직 모르는 일과 인과관계를 맺을 수 없다.

앞서 예로 든 두꺼운 책 이야기가 바로 그것이다. 처음 읽는 단계에서는 그 에피소드가 사건이나 수수께끼와 이어진다고는 알 도리가 없다. 그러면 뇌는 그 시점에서 가장 합리적인 해석, 즉 '책을 좋아하는 사람'의 에피소드로서 이해하게 된다.

쓰는 이는 그 복선에 어떤 의미가 있고 어떻게 수수께끼와 연관되는지 알고 있기에 어떻게 해도 불안해진다. 하지만 독자로서는 그 의미를 알 수 없다. 해결 파트에서 느끼는 '그런 거였구나!'라는 충격도 커진다.

시험 삼아 트릭을 똑똑히 기억하고 있는 미스터리를 다시 읽어도 좋다. 너무나도 명백하게 복선이 깔려 있었다는 사실에 분명 놀랄 것이다.

응모 원고를 읽다가 아깝다고 생각하는 또 하나의 요소가 이것이다. 모두 벌벌 떨면서 복선을 깔기에 해결 파트가 되어서도 '아아, 그러고 보니 그런 장면이 있었지' 정도의 인상밖에 남아 있지 않다. 그 정도라도 기억하고 있다면 좋은 편이고, 자칫하면 '그런 게 있었다고?'가 되어버린다.

이따금 '도중에 알아챘다'고 말하는 사람이 있지만, 대부분은 '위화감을 품었다' 정도를 다소 과장해서 말하는 것뿐이다. 결코 모든 것을 간파한 것은 아니므로 신경 쓸 필요 없다.

그러니까 안심하고 페어플레이로 대담하고 섬세하게 복선을 깔아야 한다.

대담한 복선을 까는 비결은 이러한 마음가짐을 갖는 것, 그리고 또 하나는 단서를 '쌓아올리는' 것에 있다. 단순한 단서로서가 아니라 그 단서에 무언가의 요소나 우연을 거듭해서 다른 의도가 있는 것처럼 보이거나 완전히 의미를 알지 못하게 하는 등 '마음에 걸리는 점'이 남도록 하는 것이 중요하다. 그것은 동시에 '수수께끼'의 구축이기도 하다.

'뭔가 이상하네'라는 느낌을 독자에게 남길 수 있다면 그것으로 충분하다. 모든 독자가 전부 트릭을 간파하고자 하는 마음으로 글을 읽는 것도 아니고, 이야기가 재미있다면 뒤가 궁금해서 필요 이상으로 멈춰서 생각하지도 않는다.

수수께끼뿐만 아니라 복선도 매력적으로 만드는 것이 중요하다. 이렇게 하나하나 쌓아올려서 이야기의 축이 단단해지면 부자연스럽고 무리한 상황이더라도 독자는 자연스럽게 받아들일 수 있게 된다.

미스터리를 보다 굳건하고 아름답게 지지해 주는 것은 이러한 복선의 축적이다.

◈ 6장 ◈

해결 파트:
명탐정이 모두를 한자리에 모으는 순간

수수께끼를 설정하고 복선을 치밀하게 깔았다면 드디어 해결 파트로 돌입한다.
응모 작품 중에서 종반이 되어 갑작스럽게 명탐정이 등장하여
추리다운 추리도 없이 범인을 지목하고 떠나가는 이야기를 만나 아연실색한 적이 있다.
도중까지는 꽤 재미있어서 '이것을 어떻게 해결할까' 하고
기대했던 만큼 실망도 컸다.

끝이 좋으면 모든 것이 좋다

제아무리 수수께끼가 매력적이거나 복선이 아름다워도 해결이 논리적이지 않거나 불합리하다면 작품에 대한 인상은 나빠진다.

반대로 끝이 좋으면 모든 것이 좋다는 말처럼 우아한 결말을 보여준 작품에 대해서는 독자의 인상은 좋아지는 법이다.

말할 필요도 없이 해결 파트는 단독으로 성립할 수 없다. 수수께끼와 복선 모두 '어떻게 해결할 것인가'를 언제나 머릿속에 넣어두어야만 한다. 그렇지 못하면 깔아둔 복선이 복선으로 기능하지 못하며, 복선처럼 읽히지만 결국 의미를 알 수 없는 '무언가'가 발생하여, '그건 뭐였던 걸까?'라며 이도 저도 아닌 인상만 남기게 된다. 복선은 좀처럼 기억하지 못하면서 이런 부분은 이상하게 기억에 잘 남기에 참 성가시다.

회수되지 않은 복선(회수되지 않은 이상, 복선이 아니라는 말이지만)이 있는 것은 무척이나 마음이 불편하므로 최선을 다해 피해야 한다. 다만 '일부러 수수께끼를 남기는' 수법도 있고, 제대로 기능한다면 색다른 독서 체험을 제공할 수 있다.

아무리 훌륭한 수수께끼라도 풀리지 않으면 존재 가치가 없으며, 해결 파트에서 이해할 수 없다면 의미가 없다.

뭔지 잘 모르겠지만 이런저런 설명이 있고 범인이 자백해서 "해결됐다"고 적혀 있으니 분명 해결된 것이겠지. 이런 식이어서는 독자가 카타르시스를 얻을 수 없다. 카타르시스는커녕 화를 낼 수도 있다.

처음에 어느 정도 이야기의 설계도를 만들고 난 뒤 글을 쓰는 것을 추천한다. 플롯까지는 아니더라도 복선과 회수를 체크한 대응표 같은 것이어도 좋다. 종이에 메모처럼 줄줄 적은 후 복선을 깔거나 회수한 후에는 빨간 선으로 지워나간다.

독서를 할 때 메모를 하는 것도 좋다. 책을 읽다 보면 아무래도 누락되는 정보가 생기며 중요한 내용을 잊어버리기도 한다. 책을 읽은 후, 적어놓은 메모를 보면서 해결 파트를 다시 읽어 보면 무척이나 공부가 될 것이다.

해결하는 것은 누구인가?

이런 훈련은 독자 여러분에게 맡기도록 하고, 여기에서는 조금 다른 관점에서 해결 파트에 관해 생각해 보고자 한다.

그다지 의식하지 않는 부분이지만, 가장 중요한 것은 '누가 어떤 식으로 해결하는가'가 아닐까 싶다. 이것은 '형사'인지 '탐정'인지에 관한 이야기가 아니다. 그것은 이야기의 필요에 따라 바꾸면 된다. 극단적으로 말하면 독선적이지 않은 정도에서 내키는 대로 설정하면 된다. 해결 파트는 미스터리의 절정이자 클라이맥스이므로, 자신이 가장 잘 쓸 수 있는 설정으로 꾸며야 한다.

개중에는 전혀 조사에 나서지 않는 탐정도 있으며, 이를 흔히 '안락의자 탐정'이라고 부른다.

'ABC 숍'이라는 찻집의 구석에 앉은 노인이 그 가게의 단골 신문기자에게 세상을 들썩이게 하는 사건에 대한 추리를 들려주는 에마 오르치의 **《구석의 노인 사건집》**이 그 선구자라 할 수 있다.

혹은 입원 등으로 움직이지 못한 채 침대 위에서 사건의 개요를 듣고 추리하는 것을 '베드 디텍티브'라고 부르기도 한다.

15세기에 실존한 영국 왕 리처드 3세의 '억울한 누명'을 사료만을 통해 추리하는 조세핀 테이의 **《시간의 딸》**, 미나모토노 요시쓰네源義経가 징기스칸과 동일인물이라는 설을 입원 중인 명탐정이 검증하는 **《징기스칸의 비밀**成吉思汗の秘密**》**다카기 아키미쓰, '덴지 천황은 동생 덴무 천황에게 암살당했다'는 가설을 좇는 **《숨겨진 황제—덴지 천황 암살사건**隠された帝—天智天皇暗殺事件**》**이자와 모토히코井沢元彦 등, 어째선지 역사 추리와 상성이 좋다.

추리하는 장소와 관계없이 이야기를 듣는 것만으로 추리하여 진상을 해명하는 '안락의자 탐정' 유형에서 가장 유명한 작품으로는 해리 케멜먼의 **〈9마일은 너무 멀다〉**(《9마일은 너무 멀다》 수록)를 꼽을 수 있다. 이것은 "9마일은 걷기가 쉽지 않다. 행여 비라도 내리면"이라는 한마디로부터 추리를 펼쳐 어떤 결론을 이끌어내는 내용이다. 그것도 '여기에서 9마일

떨어져 있다면 ○○이라는 마을이겠지'라거나 '비가 내려 힘들다는 것을 보니 짐이 많은가 보네' 같은 단순한 정도가 아니라, 훨씬 말도 안 되는 사건의 진실을 다룬다. 신중히 추론을 거듭하면 대체 어떤 진상에 도달할 수 있는지에 대해 이 작품은 하나의 정점을 보여준다.

안락의자 탐정이라는 설정은 쓰는 이의 창작욕을 자극하는 것인지, 애거서 크리스티에게는 미스 마플이 첫 등장하는 **《화요일 클럽의 살인》**, 아이작 아시모프에게는 **흑거미 클럽 시리즈**, 쓰즈키 미치오에게는 **퇴직형사 시리즈** 등이 있으며, 심부름꾼, 은퇴한 형사 등 다양한 설정의 명탐정이 활약하는 작품이 꾸준히 나오고 있다.

우선, 전원 집합!

가장 정통적이며 '약속'대로인 해결 파트의 도입은 형사나 탐정이 관계자를 한곳에 모아 "자, 그럼"이라고 말을 꺼낸 후 천천히 추리를 펼치기 시작하는 장면이다.

오래도록 탐정소설을 읽어온 팬으로서는 고대해 마지않던 장면이다. 드디어 해결 파트가 시작되었다는 사실에 가슴이 뛴다. 관계자가 모이는 장소는 사건 현장인 경우가 많기에 그 자리에서 현장 검증도 할 수 있으며, 무엇보다 사건은 해결했지만 범인의 소재를 찾지 못하는 일 역시 발생하지 않는다.

나아가 이야기를 듣는 관계자의 모습을 묘사하며 그들의 심리 상태를 전할 수도 있다. 다만 처음부터 알기 쉽게 동요하는 인물은 진범일 리 없다. 이것은 미스터리를 여러 권 읽으면 자연스레 알 수 있을 것이다.

개중에는 문장으로는 얼굴이 보이지 않는 것을 구실 삼아, 범인이 지명되기 바로 직전에

"그런 바보 같은 이야기가 어디 있어?"라고 범인은 말했다.

이런 식으로 장난스러운 대사를 넣는 작품도 있다.

관계자를 모아서 단서라는 이름의 복선을 정성껏 회수하면서 용의자를 좁힌다. 그리고 범인을 지명할 때는 의심의 여지없이 한 명을 가리켜야만 한다. 제아무리 시치미를 떼든, 모른 척을 하든, 정색하든 간에 증거와 논리로 찍소리도 나오지 않을 정도로 완벽하게 범인을 때려눕히는 것이다.

범인을 한정하는 방법으로 가장 알기 쉬운 것은 '그 인물이 아니면 범행을 저지를 수 없었다'는 점을 보여주는 것이다. 제한된 용의자 안에서 시간적, 공간적으로 범행이 가능했던 사람은 한 명밖에 없다는 사실을 제시하면 된다.

범행 시각에 확고한 알리바이가 있다면 범인이 아니며, 알리바이가 없는 인간이 한 명밖에 없다면 그 인물이 범인이다. 다만 곧장 한 명으로 좁혀져서는 재미가 없으니까 미스터리에서는 이 방법, 저 방법을 써가며 알리바이를 두세 번 뒤집기도 하고, 범행 시각이나 장소를 오인하게 유도하기도 한다.

사망 시각은 시체의 상태나 상처 흔적을 통해 추정할 수 있지만, 이는 기온 등 보존 상태의 영향을 받는다. 에어컨이나 냉장고를 사용하거나 물에 담가두는 등의 방법으로 환경을 조작하여 시간을 오인하게 한 후, 그 사이의 알리바이를 만들어두는 방법을 쓴다.

다만 등장인물 전원의 타임 테이블을 꺼내서 세세하게 사람의 출입 시각을 설명하기 시작하거나 하면 독자 입장에서는 성가시기 그지없으니 주의해야 한다. 주요 용의자 몇 명의 알리바이로 좁히거나, 그 시간에 집착하는 진범의 알리바이를 무너뜨려 간결하게 보여주는 것이 좋다.

알리바이물의 고전 명작이라고 하면 《**검은 트렁크**黒いトランク》아유카와 데쓰야를 꼽을 수 있다. 이야기의 초점은 '검은 트렁크'의 움직임이라는 심플한 수수께끼인데, 거기에는 철벽의 알리바이가 가로막고 있기에 어떻게든 그 벽을 무너뜨리려고 애쓴다는 내용이다. 일관되게 알리바이 깨기로 이야기가 진행되지만, 새로운 증거나 인간관계가 판명될 때마다 추리가 이리저리 뒤집혀서 질릴 틈이 없다. 복잡하고 괴이한 알리바이 트릭 같아 보이지만, 마지막에는 맹점을 뚫은 매우 심플한 결론으로 귀결한다. 실제 열차 시각표를 싣는 등, 오늘날까지 이어지는 트래블 미스터리의 원점이라고도 할 수 있다.

알리바이에 관해 이것저것 알고 싶은 사람이라면 **《매직 미러**マジックミラー》아리스가와 아리스를 추천한다. 작품 그 자체도 알리바이 깨기와 특정 물건의 움직임을 좇는 현대판《검은 트렁크》라고도 말할 수 있는 데다가, 작중의 '알리바이 강의'를 통해 다양한 알리바이를 분류 정리 및 해설했기 때문이다. 작중에는 구체적인 작품명이 적혀 있지 않으므로(문고판 후기에는 알고 싶은 사람은 찾을 수 있도록 작품명이 적혀 있다) 스포일러 걱정도 없다.

여기까지는 이른바 바깥 해자부터 채워 나가는 방법이다. 점점 용의자를 줄인 후 최종적으로 한 명으로 좁히는 가장 정통적인 방식이라 할 수 있다.

범인만이 알고 있다

그와는 반대로 한걸음에 범인에 도달하는 접근법도 있다. '범인밖에 알지 못하는 사실'을 이용하는 경우다. 예를 들어 뉴스 보도에서는 시체가 있던 장소에 대해 전혀 다루지 않았고, 더군다나 시체가 특수한 상황으로 발견되었음에도(물이 가득 찬 욕조에서 턱시도를 입은 채 죽어 있었다는 등) 그 사실을 알고 있다면 틀림없이 그 인물이 범인이다. 실제 범죄 조사에서도 밀고나 자백의 진위를 확인하고자 일부러 뉴스로 알리지 않는 정보가 있다고 한다.

이 '범인밖에 알 수 없는 사실'을 범인을 한정짓는 요소로 사용한 작품은 많다. 범인을 한정짓기 위한 열쇠가 무엇인지가 작가의 솜씨를 보여줄 부분이며, 깔끔하게 기술이 먹히면 논의할 필요가 없는 한 지점을 가리키기 때문에 커다란 카타르시스와 상쾌한 느낌을 선사할 수 있다.

그것을 반대로 이용하는 방법으로서 '범인만이 알지 못했던 사실'을 결정적인 한 수로 사용하는 방법도 있다. 범죄가 저질러진 시각, '등장인물이라면 누구나가 알고 있는 일'에 대해 알지 못하는 인물이 딱 한 명 있다면 그것은 '범행을 위해 다른 장소에 있었기에 그 사실을 알 수가 없었다'는 결론이 되며, 범인을 한정짓는 근거가 된다.

범인을 지명하는 방법은 많다. 하지만 대부분은 단서의 논리적 축적을 거쳐 용의자를 좁히고, 결정타로서 이런 한정을 반복하는 복합적인 방식을 사용한다. 하나의 치우친 요소만으로는 범인을 완전히 좁힐 수 없거나 무리한 추리라는 점이 눈에 띌 수 있으므로 양자를 능숙하게 조합하여 무리 없이 논리적인 해결로 이끌어야 한다.

보다 논리적으로 보이기 위해서는

범인을 지명하거나 사건 해결은 '보다 논리적'인 것이 좋다. 같은 논리라도 제시하는 방법에 따라 더욱 치밀하고 정밀하게 느껴질 수 있다.

흔히들 엘러리 퀸의 작품은 논리적이라고 말하지만, 애거서 크리스티의 작품을 두고 논리성을 찬양하는 경우는 많지 않다. 해결 파트에서의 추리 과정은 애거서 크리스티의 작품 또한 충분히 논리적이며, 비논리적인 경우는 결코 없다. 그렇다면 이 두 작가에 대한 인상 차이는 어디에서 오는 것일까. 학창 시절, 미스터리 연구회 선배가 알기 쉽게 설명해 주었다.

"엘러리 퀸이든 애거서 크리스티든 해결의 논리성에 차이는 없어. 엘러리 퀸을 보고 논리적이라고 말하는 이유는 열 가지 가능성 중에서 아홉 가지를 깨부순 다음에 진상을 제시하기 때문이야. 다른 모든 가능성을 깨고 유일한 진상에 도달한 것처럼 보이기 때문이지."

진실은 하나이므로 단번에 진상에 도달하는 것과 다양한 가능성을 배제하면서 진상을 쫓는 것은 사건을 해결한다는 측면에서 아무런 차이가 없다. 하지만 독자가 받는 인상은 압도적으로 다르다. 또한 열 가지 가능성을 꺼내 들었다고 해서 존재할 수 있는 모든 가능성을 검토하는 것은 아니다. 사실은 백 가지 가능성 중 고작 열 가지만 고찰한 것일지도 모른다. 그럼에도 열 개에서 하나로 좁히는 장면을 볼 때 사람들은 논리적이고 치밀하다고 느낀다.

해결 파트에서 단계적으로 가상의 해결을 제시하고 그것들을 배제해 나가는 것은 논리성을 두드러지게 만들고 싶을 때 무척이나 효과적인 수단이다.

이들 해결이 두드러지는지의 여부는 모두 복선을 배치하는 솜씨에 달려 있다. 추리 과정에서 제시된 단서에 관해서 '그런 게 있었어?'라고 생각하는지, '그러고 보면 그런 장면이 있었지'라고 생각하는지에 따라 독자가 설득되는 수준도 크게 달라진다.

앞선 장에서도 언급했듯 독자는 모든 복선을 기억하지 못한다. 해결 파트에서 신경 써야 하는 것은 복선을 '떠올리게 하는 것'이다. 기억하지는 못한다고 하더라도 그 장면이 무언가의 형태로 뇌리에 인상 깊게 남아 있다면 떠올릴 수 있다. 장면으로서 인상에 남도록 써야 한다고 말한 것은 물론 기억하게 만들기 위해서지만, '떠올리게 하기' 위해서이기도 하다.

'깨달음'의 쾌감

문장만으로는 알기 어려운 물리 트릭을 도판을 넣어 해설하는 작품도 있다. 물리 트릭이란 '물리적인 장치'를 구사한 범행이다. '실과 바늘로 밀실을 만든다'고 말하면 알기 쉬울까? '실과 바늘로 밀실을 만든다'고 해도 구체적으로 어떻게 하는 것인지 문장만으로 설명하기 어렵다. 그럴 때 도판이 있으면 일목요연하다. 백문이 불여일견이라고 하지 않는가.

다만 주의해야 할 점은 페이지를 파라락 넘겼을 때 보일 가능성이 있다는 점이다. 얼핏 보아서는 의도를 파악할 수 없는 것이라면 괜찮지만, 한눈에 의도를 파악할 수 있는 도판이라면 읽기 전부터 트릭이 깨져버리는 비참한 사태에 빠질 수 있다.

물론 모든 것을 문장으로 전할 수 있다면 가장 좋으며, 우선 그것을 목표로 삼아야 한다. 하지만 트릭에 따라서는 한 장의 그림 또는 장면을 눈앞에 보여주는 편이 훨씬 설득력이 있을 수 있다.

소설은 아니지만 그 구체적인 예로서 〈**베스트 오퍼**〉라는 영화를 소개하고자 한다. 주세페 토르나토레 감독의 작품으로, 작품 전체에 걸쳐 다양한 수수께끼가 숨겨져 있다. 그 커다란 비밀 중 하나가 밝혀지는 클라이맥스에서는 단 한 장면을 통해 무슨 일이 있었던 것인지를 알게 해준다. 글이나 대사로 설명할 수도 있었겠지만 어떻게 하더라도 몇 줄인가는 소비하게 되며, 읽다 보면 답답할 수 있다. 이 영화는 그야말로 단번에 모든 정보를 전한다.

영화를 보는 이와 마찬가지로 작중 인물도 단번에 모든 것을 깨닫기 때문에 매우 강렬한 인상을 받았고, 아직도 그 장면이 기억에 남아 있다. '누군가가 가르쳐준 것이 아니라 스스로 이해했다'는 옵션이 붙기에 더욱 좋다.

어려운 퍼즐을 풀었을 때나 비디오 게임에서 던전의 비밀장치를 깨달았을 때, '나 천재 아니야?'라고 생각한 경험은 없는가. 그런 번뜩임의 쾌감을 준 작품은 오래도록 기억에 남는 법이다.

크리스토퍼 놀란 감독의 〈**프레스티지**〉도 영상이기에 가능한 사례로 꼽을 수 있다.

어느 특정 복선에 관해서 처음에 아무렇지도 않게 슬쩍 보여주지만, 라스트에서 또다시 그 광경이 나왔을 때 '저게 바로 그거였구나!' 하며 무릎을 치게 된다.

〈프레스티지〉는 크리스토퍼 프리스트의 원작 소설을 바탕으로 만들어진 작품으로, 큰 줄기는 같지만 도중부터 완전히 다른 전개를 보여준다. 일정한 시간 내에 담아야 한다는 영화 특유의 사정도 있겠지만, 무엇을 가장 보여주고 싶은지가 다르기 때문일까. 그런 관점에서 두 작품을 비교해 보는 것도 재미있을 것이다.

문장이 아니면 불가능한 것도 있다?

영상과 비교할 때 불리하다는 식으로 적었지만, 반대로 문장으로만 표현할 수 있는 것도 있다.

'보이지 않는 것'을 '보여주는 것'이다.

예를 들어 '비가 오고 있다'는 것은 영상으로 전할 수 있다. 비가 내리는 모습을 찍으면 보는 사람은 '아, 비가 내리고 있네' 하고 생각할 것이다. 하지만 '비가 오지 않는다'는 것을 영상만으로 전하기란 어렵다. 맑은 장면을 비춘 것만으로는 그것을 바탕으로 곧장 '비가 오지 않는다'는 의미로 파악하는 사람은 없으리라.

문장 표현의 장점은 여기에 있다. 그 사람의 뇌 속에만 환기되는 영상을 자유자재로 만들어 낼 수 있다는 점이다.

문장이 갖는 힘을 마음껏 느끼게 해주는 예로 마야 유타

카의 《**붉은 까마귀**》를 들 수 있다. 어느 사실을 알게 됨으로써 그때까지 머릿속에 있던 풍경이 단번에 바뀌고 순식간에 진상을 파악할 수 있다. 매우 아름다운 해결이다.

사람에 따라서는 아마도 스스로는 결코 떠올릴 수 없는 광경일지 모르지만, 문장과 상상력을 사용하면 보이지 않을 법한 풍경도 그려낼 수 있다. 물론 영상으로 불가능한 것은 아니지만, 이런 유형의 작품이라면 영상으로 보면 흥이 깨지고 말 것이다.

이런 예에서도 알 수 있듯이 해결 파트에서는 정성껏 알기 쉽게 해설하는 것도 중요하지만, 독자가 '스스로 알게끔' 만드는 것이 더욱 중요하다.

하나부터 열까지 설명이 붙어 있으면 제대로 알지 못하더라도 '알게 된 기분'이 들며, 결국 그다지 인상에 남지 않는다.

아주 미세한 차이라 하더라도 탐정의 해설보다 먼저 '그런 거였구나!' 하고 직접 깨달은 순간은 오래도록 인상에 남는다. 아주 사소한 차이지만 '깨달음'의 쾌감을 얕보아서는 안 된다.

이를 바탕으로 '진상을 깨달았다'고 말하는 사람도 있을지 모르지만, 그런 것을 신경 쓸 필요는 없다. 반대로 '그거야 알게끔 써 놓았으니 당연하지' 하며 가슴을 펴도 좋다. 이 '미세하지만 빠르게 깨닫게 한다'를 의도적으로 행하는 것이 얼마나 어려운 일인지 실제로 해보면 바로 알 수 있을 것이다.

보조선을 긋는다

그렇다면 독자나 작중 탐정에게 어떻게 '진상을 깨닫게 하는 것'이 좋을까.

이것에 관해 생각할 때면 한 작가의 "능숙하게 보조선을 그어주면 됩니다"라는 한마디가 떠오른다.

미스터리 작가가 아니라 사소설로 유명한 그 작가와 처음으로 마주 앉아 술을 마셨을 때의 일이었다. 평소에는 창작론 따위는 스스로 입에 올리지 않는 사람이었지만, 그날은 꽤 취해서 흥이 올랐는지 아무런 예고도 없이 "소설을 쓸 때 가장 중요한 게 뭐라고 생각하세요?"라는 질문을 던져 나를 당황하게 만들었다.

아무것도 떠오르지 않아서 어떻게 반응해야 좋을지 알 수 없었다. 잠시 가만히 있자 그 작가가 천천히 꺼낸 것이 방금 그 말이었다.

"주제가 좋거나 취재를 잘했다고 해서 글을 쓸 수는 없어요. 그것을 알기 쉽게 효과적으로 꺼내기 위해서는 보조선이 필요하죠. 기하학의 증명 문제에서 보조선을 그으면 단번에 답을 알 수 있는 것이 있잖아요. 그런 보조선이 소설에도 필요한 거예요."

그 보조선이 심플하고 깔끔할수록 소설도 좋은 작품이 된다는 이야기였다.

사소설 작가의 대표격이라고 생각하던 사람이 그런 생각을 하며 소설을 쓰고 있었다니 놀랍기도 하고 동시에 감동했지만, 이 말은 미스터리의 해결 파트에도 그대로 들어맞는다.

이미 손에 넣은 단서에 무언가를 계기로 다른 견해나 해석이 더해짐으로써 진정한 의미를 알게 되고 이야기의 전체적인 구도가 떠오른다.

다무라 마사카즈田村正和가 연기한 〈**후루하타 닌자부로**古畑任三郎〉라는 드라마 시리즈를 알고 있는 사람도 많으리라. 후루하타가 사건의 진상을 깨닫는 것은 대부분 어떤 부하의 사건과는 아무런 관계도 없는 언행이 계기가 된다. 그때까지 아무리 고민해도 알아내지 못했는데 예상하지 못했던 곳에서 비춘 빛이 환하게 진상으로 가는 길을 밝히는 것이다.

2장에서 언급한《점성술 살인사건》도 매우 능숙하게 보조선이 그어진 사례다. 탐정 미타라이 기요시에게 진상에 대한 계시를 주는 것은 사건과는 아무 관계도 없는 어느 한 트릭이다. 다만 나중에 돌아보면 놀랍게도 명백하게 진실을 암시한다.

이 보조선을 해결 파트 바로 직전에 제대로 그으면 탐정에게는 번뜩임의 순간을, 독자에게는 한 단계 빠르게 진상을 깨달을 기회를 줄 수 있다. 이 기회를 살릴 수 있는지 어떤지는 독자에게 달렸지만, 그것을 깨닫지 못했다고 해도 나중에 '그건 꽤 깔끔한 힌트였구나'라고 다시 생각해 준다면 그것으로 충분하다.

답을 찾는 것도 즐거움 중 하나

이런 '깨달음'의 기쁨을 전면에 드러내기 위해 굳이 수수께끼를 남겨두는 유형의 작품도 존재한다.

《**출판금지**出版禁止》나가에 도시카즈라는 작품에는 해설되지 않는 '장치'가 여럿 남아 있다. 같은 작가의 영상 작품인 〈**방송금지**放送禁止〉 **시리즈** 또한 대부분의 수수께끼가 남겨진 채 방송이 끝난다. 마지막에 힌트가 되는 영상이 몇 컷 흘러나오고, '당신은 진실을 찾아냈나요?'라는 질문이 나올 뿐, 정성스러운 해설은 없다. 시청자가 스스로 생각해야만 한다. 몇 번이고 반복해서 보는 와중에 신의 계시처럼 진상이 밝혀지는 순간은 뇌 안의 마약이란 이런 것을 말하는 건가 하는 생각이 들 정도로 쾌감을 준다.

반면 스스로 답을 찾지 못한 사람도 걱정할 필요는 없다.

지금 시대에는 인터넷으로 검색하면 다양한 해설 사이트를 발견할 수 있다. 진상을 찾아내는 것은 어려운 일이 아니다. 스스로 해답에 도달할 수 없더라도 고민하고 번민한 만큼 이윽고 손에 넣은 해답은 강렬하게 뇌리에 남는다.

고민하고 번민했지만 결국 풀지 못한 문제 쪽이 해답을 봤을 때 더욱 이해가 되며, 제대로 받아들일 수 있다.

이 '인터넷에서 조사한다'라는 것과 관련하여 대작 RPG로 유명한 한 게임 크리에이터가 재미있는 말을 한 적이 있다. 시리즈의 일곱 번째 작품이 나왔을 때였기에 세부적인 표현은 생각나지 않지만, "아직 게임을 진행하는 중인데 그 이후의 스토리에 대해서 인터넷을 통해 쉽게 스포일러를 당할 수 있다는 점에 대해 어떻게 생각하세요?"라는 질문에 대하여 "그것도 퀘스트의 하나라고 생각하면 좋지 않을까요"라는 내용의 답변을 했다.

그것을 읽고 맞는 말이라고 생각했던 것을 아직도 기억하고 있다. 무엇이든 처음부터 주어지는 것이 아니라 스스로 고생해서 획득하는 것에 의미가 있다. 여기저기 찾아보며 겨우 발견한 '해결'은 스스로 푼 것과 비슷한 성취감을 줄 것이다. 이것도 하나의 모험이자 즐거운 시간 중 하나라 할 수 있다.

해결되지 않는 이야기의 재미

이와는 별도로, 의도적으로 '해답을 제시하지 않음'으로써 '결말을 독자의 판단에 맡기는' 유형의 작품도 존재하며, 그런 작품을 '리들 스토리riddle story'라고 부른다.

《출판금지》, 〈방송금지〉 등 앞서 언급한 작품은 진상이 '적혀 있지 않고', '방송되지 않았을' 뿐, 만드는 사람의 머릿속에는 정답이 제대로 준비되어 있으며 열심히 복선을 찾으면 해결할 수 있다. 하지만 리들 스토리는 제아무리 정성껏 읽더라도 유일한 답은 끌어낼 수 없으며, 어쩌면 만드는 이도 그것을 준비하지 않았을지도 모른다.

이 리들 스토리로 유명한 것은 뭐니뭐니 해도 **《미녀일까,**

호랑이일까?》프랭크 스톡턴일 것이다.

공주와 분수에 맞지 않는 사랑에 빠진 청년은 왕의 분노를 사고 벌을 받게 된다. 그 벌이란 투기장에서 좌우에 있는 문 중 하나를 골라 여는 것이다. 한쪽에는 호랑이가, 반대쪽에는 미녀가 숨어 있다. 호랑이가 있는 문을 선택하면 죽음이 기다린다. 하지만 미녀가 있는 문을 선택하면 죄를 벗고 무죄 석방을 받게 되며 그 미녀와 결혼할 수 있다.

공주는 젊은이를 도와주고자 팔방으로 손을 써서 어느 문에 호랑이가 있는지를 알게 된다. 그리고 그것을 알려줄 단계가 되는 순간 고민에 빠지고 질투에 미치게 된다. 젊은이가 호랑이에게 먹히는 것도 견딜 수 없지만, 자신 이외의 다른 사람을 아내로 맞아들이는 것도 견딜 수 없기 때문이다.

최종적으로 공주는 어느 한쪽을 가리키지만, 젊은이가 문을 열기 직전에 이야기는 끝난다. 공주가 가리킨 쪽을 열었는지 어떤지도 분명하지 않다.

문 건너편에는 천국, 아니면 지옥이 기다린다. 뒷면에는 다양한 심리적 줄다리기가 숨겨져 있으며, 관계자의 갈등은 적혀 있지만 결말은 적혀 있지 않다. 독자가 어떤 식으로든 상상할 수 있도록 구성되어 있다.

이런 작품을 쓰면 주변에서 '그건 결국 어떻게 됐어?'라는 질문 공세를 받게 되었던지, 스톡턴은 훗날 〈**망설임의 낙담자**The Discourager of Hesitancy〉라는 후일담을 집필한다. 분명 재미있지만 이것은 어디까지 후일담이다. 솔직히 '잘도 빠져나갔군'이라는 생각이 들지 않는 것도 아니다.

한편 〈**미녀와 호랑이**The Lady and the Tiger〉잭 모핏Jack Moffitt라는 작품이 발표되었는데, 이 작품은 제대로 해답을 제시한 '매우 능숙한 답안'이다. 읽고 난 후에 다시금 제목을 보면, '과연, 그렇군'이라고 두 번 감탄할 수 있으리라.

그리고 또 하나 유명한 리들 스토리로 〈**수수께끼의 카드**〉클리블랜드 모펫가 있다.

이것은 모르는 여성의 카드 한 장을 맡게 된 남성의 이야기다. 카드에는 무엇인가 적혀 있지만, 프랑스어를 모르는 주인공으로서는 읽을 수가 없다. 누군가에게 읽어달라고 하려고 호텔 직원, 가족, 신뢰하는 친구에게 건네지만 모두 그것을 본 순간에 태도를 갑자기 바꾸더니 황급하게 주인공에게서 멀어진다. 뭐가 뭔지 알지 못해서 당혹해 하던 와중, 자신에게 카드를 건넨 여성을 발견하고 카드의 수수께끼를 해명하고자 그녀의 뒤를 쫓는다. 카드에는 도대체 무엇이 적혀 있던 것일까? 이런 이야기다.

스톡턴과 마찬가지로 모펫도 나중에 〈**카드의 수수께끼**〉라는 후일담 격인 작품을 스스로 썼다.

재미있는 것은 이 〈수수께끼의 카드〉의 수수께끼에 대해 잘 만들어진 해답 역시 다른 작가에 의해 쓰였다는 점이다. 바로 에드워드 D. 호크에 의한 명답안 **〈스파이와 수수께끼의 카드**The Spy and the Mysterious Card**〉**다.

개인적으로 리들 스토리의 최고봉이라고 생각하는 것은 스탠리 엘린의 **〈결단의 순간〉**(《특별 요리》 수록)으로, 제목처럼 주인공은 이야기의 마지막에 잘못 판단하면 파멸하며, 정답을 찾으면 자신을 괴롭히던 문제를 단번에 해결할 수 있는 국면을 맞이하게 된다.

리들 스토리이므로 당연하게도 결단 직전에 이야기는 끝난다. 그 부분까지 어떤 식으로든 해석할 수 있는 대화가 겹겹이 그려져 있기에 상대의 언행 중에서 어느 부분에 중점을 두는지에 따라 전체에 걸친 진위의 색조도 달라진다. 모든 것이 연쇄적으로 이어지며 중층적인 판단이 필요함에도 불구하고 도망갈 수 없는 시간 제한이 있으며 결단의 순간은 다가온다.

단편의 명수라는 이름으로 널리 알려진 스탠리 엘린의 작품 중에서도 백미 중의 백미다. 읽으면서도 꿀꺽 침을 삼키게 되는 숨 막히는 순간을 주인공과 함께 맛보기 바란다.

이런 식으로 해결에 대해서 이런저런 고민을 하다 보면, 수수께끼를 해결하는 것은 역시 '경찰이나 탐정'에 머무르지 않고 이미 '독자'도 휘말려 있는 것은 아닐까 생각된다.

실제로 문제편만을 먼저 방송한 후, 시청자들에게 해답을 모집한 후 나중에 해결편을 방송하는 방송 프로그램이 호평을 얻어 시리즈로 만들어지기도 했다.

과거 후더닛에서 시작된 수수께끼 풀이가 새로운 가능성과 한층 더 큰 재미를 추구하며 하우더닛, 와이더닛, 서술 트릭으로 넓어지게 된 것처럼, 해결 방식 또한 더욱 큰 가능성을 찾아서 작중 완결형에서 독자 관여형으로 확장하는 모습을 보이기 시작한 것일지도 모른다.

◈ 7장 ◈

복잡한 이야기는 장편이 어울릴까?

지금까지 수수께끼 제시부터 해결까지 전반적으로 이야기해 보았다.

이번 장부터는 각론으로 들어가서 보다 구체적인 제시어를 들어 살펴보기로 한다.

미스터리 신인상은 장편인 경우가 많지만, 단편상도 적지만 존재한다.

장편에 걸맞는 주제를 무리하게 잘라서 짧게 만들거나

단편용 소재를 부풀려서 장편으로 만들어서는 모처럼의 아이디어도

제대로 살리기 어렵다.

자신이 생각한 수수께끼, 해결, 이야기는 단편에 어울리는지

아니면 장편에 적합한지 그것은 무엇을 기준으로 판단하면 좋을까.

'신인상 받는 비법'을 믿지 말 것!

본론으로 들어가기 전에 한 가지 강조해 두고 싶은 것이 있다. 신인상 받는 비법이라는 이름으로 인터넷에 '분량 상한의 90퍼센트 이상을 쓰라'는 식의 정체불명의 지침이 떠돌아다니는 모양인데, 전혀 그렇지 않다. 이것만은 확실히 말해 두고 싶다.

모집 요강에 제시된 분량 이내라면 단순히 길고 짧음이 판단 기준이 되지는 않는다. 반대로 '내용에 비해 너무 길다'거나 '많지 않은 페이지 속에 너무 많은 내용이 담겨 있다'는 점이 마이너스가 되는 경우가 많다.

나는 이전 '신초 미스터리 클럽상'이라는 신인상 운영 위원회 소속이었는데, 이 신인상은 분량 상한이 400자 원고지 기준으로 1,000매였다. 당시 응모작의 80퍼센트 이상이

900~1,000매였다. 700매가 짧은 편이었고, 400~500매로 마무리된 작품은 거의 없었다.

그 무렵에는 두툼한 책이 속속 출간되었고, 나아가 그런 작품이 잘 팔리던 시대였다. 긴 작품에 대한 수요가 있었다고는 하지만, 모두가 다 판에 박힌 것처럼 900매 이상의 분량이었던 점은 이상하게 느껴졌고, 그중 상당수는 이렇게 길 필요가 없어 보이는 작품이었다. 분량 상한의 90퍼센트 이상을 쓰라는 뜬소문에 따라 필요 이상으로 길게 쓴 것이리라.

그 후 '미스터리 클럽상'이 끝나고 새롭게 '호러 서스펜스 대상'이라는 신인상을 담당했을 때는 이 교훈을 살려 원고 매수의 하한을 250매로 잡고 상한은 정하지 않았다.

그러자 400매, 500매 정도의 응모작이 태반을 차지하게 되었고, 그때까지 넘쳐나던 1,000매급의 작품은 급격히 자취를 감추었다. 3,000매 분량의 응모작이 도착했을 때는 적잖이 당황했지만 말이다.

하한이 250매라는 것에 의미가 있다. 이는 '장편'으로서 간행할 수 있는 최소한의 매수다. 자신의 발상을 하나의 장편으로 완성할 수 있는지를 판단하고자 한 것이다.

상한이 없다면 얼마든지 길어도 상관없는가 하면 그렇지

는 않다. 긴 작품은 필연적으로 두꺼워지며, 분책이라도 하면 권수도 늘어난다. 그것은 독자에게 많은 시간과 비용을 강요하는 일이다. 자신이 책을 사는 입장이라고 생각해 보자. 알지도 못하는 작가의 엄청나게 두껍고 비싼 책을 그리 간단히 사지는 않을 것이다.

책방에 놓여 있는 일반적인 단행본은 300페이지 전후의 것이 많다. 400자 원고지로 환산하면 400~600매 정도다. 출판 업계에서는 지금껏 이 '400자 원고지 환산'이 하나의 기준이 되고 있으며, 잡지 등의 원고료도 이 환산 매수에 따라 지불된다(이는 일본에 국한된 이야기로, 한국에서는 주로 200자 원고지 기준으로 환산한다 – 옮긴이).

이 정도의 두께가 책을 읽는 데 익숙한 사람이 '단번에 읽을 수 있는 한계'다. 물론, 휴일에 시간을 신경 쓰지 않고 읽을 수 있다거나, 철야를 각오하고 읽는다는 등의 시간 제약이 없을 때를 전제로 한 이야기다. 출퇴근 시나 등하교 시, 잠을 자기 전에 잠깐 읽는다면 장편을 다 읽으려면 그만큼의 시간과 일수가 필요하게 된다.

"장편소설은 단순하게 씁니다"

이 '단번에 읽을 수 있는 한계'라는 것은 장편과 단편을 생각하는 데 있어서 큰 의미를 지닌다. 단편은 단번에 읽을 수 있다는 전제로 써도 되지만, 장편은 그렇지 않다는 점이다.

한 작가에게 재미있는 이야기를 들었다. 세간에서는 복잡한 플롯의 이야기를 쓴다고 여겨지며, 나 역시 똑같이 생각하던 그 작가는 "장편에서는 복잡한 이야기나 트릭은 쓰지 않아요"라고 했다. 그의 작풍과는 그야말로 다른 말처럼 느껴져서 "그게 무슨 말인가요?" 하고 묻자, "장편은 시간을 들여서 읽어야 하니까 복선을 잊어버리는 일도 많죠. 큰 줄기가 너저분하면 다시 읽기 시작했을 때 어떤 이야기였는지 헷갈리기 쉽고, 읽는 것을 도중에 포기할 수 있어요. 그래서 장편은 최대한 단순한 이야기로 만들려고 애씁니다. 반대로 단편은 대개 단번에 읽기에 복선이나 줄거리를 잊게 될 걱정도 없어서 조금 복잡하게 적더라도 독자는 따라 와주고, 이해도 해줍니다"라고 대답했다.

그 말을 듣고 그런 생각은 해본 적이 없었다고 깨닫게 되었지만, 이 이야기에는 약간의 보충 설명이 필요해 보인다.

이 작가의 작품은 독자로서 읽는 한, 작가 자신이 생각하는 것만큼 '단순한 이야기'는 아니다. 몇 개인가의 플롯이 교차하는 중층적인 이야기가 특징인 작가다. 그렇다면 작가는 겸손해서 그렇게 말한 것일까? 그렇지 않다. 생각해 보면 그것은 '독자가 간단히 이해할 수 있는지'에 대한 문제라 할 수 있다.

그릇의 크기보다는 내용의 크기

신인상 1차 심사 때 적어두었던 메모를 다시 읽어 보니, 눈에 띄는 감상 중 하나로 '이야기가 천편일률'이라는 것이 있었다. 서두부터 결말까지 이야기가 일직선으로 나아가고, 이야기에 기복이 느껴지지 않는다는 말이다. 에둘러 이야기하지 않고 직설적으로 표현하자면 단조롭고 지루하다는 뜻이다.

한 줄기의 스토리 라인으로 묘사되는 하나의 수수께끼를 장편으로 질리지 않고 끝까지 읽게 만들려면 상당한 노력이 필요하다. 폐쇄공간, 소수 인원으로 이끌어나가는 이야기는 장편으로 이끌어가기 무척 어렵다. 그렇기에 각 등장인물의 사정이나 외부인과의 접촉, 과거 회상, 때로는 범인으로 생각되는 '수수께끼의 인물'의 모놀로그를 넣어서 읽는 맛에 변화를 주는 것이다. 이런 사실을 염두에 두고 장편을 다시 읽어 보면, 하나로 생각되던 이야기더라도 여러 개의 스토리 라인이 얽혀 있다는 것을 알게 될 것이다.

또한 메인 수수께끼는 하나라고 하더라도 그것이 돋보이게끔 지엽적으로 작은 수수께끼를 주변에 여럿 배치하여 여러 수수께끼가 줄기를 받치는 구조로 되어 있다. 이야기와 수수께끼 모두 결코 한 방향으로만 나아가지 않는다. '곁눈질하지 않고 일직선'으로 읽은 작품은 자신도 모르게 구조도 한 줄기로 되어 있다고 생각하기 쉽지만 그렇지 않다.

한편, 장편에서는 더블 플롯, 트리플 플롯으로 여러 갈래의 커다란 이야기가 평행선을 그리다 최종적으로는 하나로 수렴하는 작품도 많다. 이것은 사당 같은 곳에서 쉽게 볼 수 있는 금줄을 떠올리면 알기 쉽다.

금줄은 여러 개의 가닥이 서로 얽혀서 하나의 굵은 줄을 만든다. 그 개개의 가닥이 각각의 스토리 라인을 상징한다. 하나하나의 가닥이 제대로 자리를 잡고 있기에 서로 꼬여 있어도 개별 가닥의 연속성을 잃지 않으며, 전체로서는 하나의 굵은 줄, 즉 장편으로 기능한다.

이사카 고타로의 **《러시 라이프》**라는 작품은 크게 네 개의 스토리 라인으로 구성된 군상극이다. 네 개의 가닥이 서로 얽힌 금줄이라는 말이다.

관계가 없는 것처럼 보이는 네 가지 이야기가 순서대로 조금씩 전개되는데, 각각의 스토리 라인이 저마다 개성적이며 완전히 다른 느낌이기에 이야기가 전환되더라도 당혹스럽지 않고 자연스레 뒤가 궁금해진다. 그리고 마지막에는 하나의 장대한 숨겨진 그림이 떠오르는 구조다.

전체의 구조를 알고 난 후에 다시 읽어 보면 장면 전환의 정교함에 감탄사가 나올 것이다. 군상극과 장면 전환의 하나의 교본으로서 꼭 읽어두는 편이 좋다.

즉, 장편은 멀리서 보면 하나의 큰 줄기로 보이지만 가까이에서 보면 세세한 지엽이 있어야 한다. 시간을 들여서 읽기에는 큰 라인이 있기에 이야기를 쫓기 쉽고, 읽고 있을 때는 개별 에피소드나 작은 트릭 덕에 질리지 않는 방향을 추구하는 것이다.

주의해야 하는 것은 모든 수수께끼나 이야기가 이런 수법에 적합하다고는 할 수 없다는 점이다. 트릭에 따라서는 지엽을 만들 수 없는 것도 있으며, 막판 업어치기처럼 일격에 끝내는 이야기가 통쾌할 때도 있다. 이야기를 부풀린다고 해도 몇 줄기나 되는 아무 관계없는 이야기가 연이어 적혀 있으면, 읽고 난 후에 '그건 도대체 뭐였던 거야'라는 헛물을 켠 느낌을 독자에게 주게 된다.

그런 지엽적인 면을 포기하고 메인 디시에 특화하여 한판승 같은 상쾌함을 맛보게 하는 것이 목적이라면 단편이 어울린다.

장편은 여러 이야기의 파도를 축으로 삼아 천천히 읽게 하는 것, 단편은 단기 결전으로 자신의 솜씨를 선보이는 것이라고 말하면 좋을까.

2장에서 소개한 '아름다운 수수께끼' 작품에 단편이 많은 것도 이런 특성이 영향을 끼쳤을지 모른다. 임팩트 있는 수수께끼의 매력으로 승부하는 단편은 단번에 읽을 수 있기에 강렬한 인상을 남기기 쉽기 때문이다.

신인상 응모 원고 중에는 단편 소재를 무리해서 길게 만들었다고 느껴지는 작품이 꽤 많다. 원 트릭, 원 시추에이션, 소수 인원이 나오는 작품이 대부분으로, '이렇게 길지 않고 단편이었다면 더욱 재미있었을 텐데'라며 아쉬운 마음이 든다.

또한 결말이 급작스럽고 전반과 후반의 인상이 뒤죽박죽인 작품도 있다. 속도감이 있다는 의미라면 좋지만, 너무 담백한 해결 때문에 소화불량에 걸린 것 같은 느낌을 준다는 의미에서는 좋지 않다. 매수 제한이 있어서 어떻게든 제한된 페이지 안에 내용을 담으려고 한 결과일 테지만, 만약 그렇다면 전반을 잘라내고 그 양을 후반으로 돌려야 하며 애초에 매수 배분에 실패했다는 말이 된다.

쓰려고 하는 내용이나 테마가 '장편으로 끌고 가기에는 무리가 있다'거나 '단편으로는 도저히 담을 수 없는' 상황이 되지는 않을지 쓰기 전에 확실히 검토해야만 한다. 또한 쓰기 시작한 후에 깨달았다면 그것을 무리하게 교정하지 말고 어울리는 형태로 만들기 위해 이야기의 상황에 따라 궤도를 수정하는 유연성도 필요하다.

무리해서 형태에 끼워 맞추기만 해서는 좋은 결과를 낳지 못한다는 것은 새삼 말할 필요도 없을 것이며, 이미 삶의 많은 국면에서 체험하고 있으리라.

너무 많이 써서는 안 된다

미리 철저히 준비를 끝냈더라도 쓰다 보면 분량이 점점 늘어나는 일은 종종 일어나며, 그렇게 되는 이유 중 하나로 설명이 너무 많다는 점을 꼽을 수 있다. 개별 인물의 사정이나 배경을 묘사할 때 자신도 모르게 길어지고 마는 것이다. 미스터리는 범죄를 취급하며, 죄를 저지르기에는 동기가 필요하기에 '왜 그런 일이 벌어졌는가?'는 반드시 적어야만 한다. 특히 '왜'에 주안점을 둔 와이더닛의 경우, 그 동기가 특수하면 특수할수록 '그렇구나. 그럼 죄를 저질러도 이상하지 않네'라고 생각하게 만들어야 한다.

하지만 장황해져서는 의미가 없다. 세세하게 적는다고 독자가 쉽게 넘어오는 것도 아니다.

의외의 동기를 보여주는 명작에는 단편도 많지만, 그런 작품들은 동기에 그리 많은 분량을 할애하지 않는다. 그리고 용의자 전원의 배경을 정성껏 쓰다 보면 페이지 수가 아무리 많아도 부족하다.

상식적으로는 납득되지 않는 특수한 동기일수록 설명하면 한 만큼 '정말로 그럴까?'라는 의문도 커진다. 동기에 국한하지 않고 등장인물의 복잡한 심리를 의심의 여지없이 모두에게 납득시키는 것은 애초에 불가능하다.

역설적인 표현이지만 특수한 동기일수록 길게 설명해서는 안 된다. '지나치면 부족함만 못하다'는 표현처럼 내면을 너무 많이 서술할 경우 깊게 공감하는 사람도 있겠지만, 이해할 수 없는 사람은 점점 질려서 '나는 그렇게 생각하지 않는다'며 거부 반응을 드러내게 된다. 그렇게 되면 와이더닛으로는 실패작이다.

독자가 스스로 판단할 수 있는 여지를 남겨두어야만 한다는 말이다.

신의 시점이나 지문을 통해 하나부터 열까지 설명하면 독자는 흥이 깨진다. 무엇을 어떻게 쓴다고 해도 '납득하지 못하는' 사람은 반드시 생기게 된다. 그렇다면 굳이 파고들지 말고 '그 부분은 이런 것이었을까?' 하고 감정 이입할 수 있는 틈을 만들어두면 좋다. 어떤 의미로든 여백의 미가 필요한 법이다.

이것은 동기에 국한하지 않고 소설 전체에 걸쳐 말할 수 있다. 너무 완벽한 이야기라면 독자는 방관자일 수밖에 없다. 자신이 외부인인 채로 끝나는 이야기는 마음에 깊게 남지 않는다.

이래저래 길게 적었지만, 미스터리에 있어서는 단편인지 장편인지를 생각할 때 이야기가 필요로 하는 길이라는 작가 측의 의도는 물론이고, 독자 측의 '읽는 방식'에 대한 사정도 크게 작용한다고 말할 수 있다.

많은 독자는 책상에 앉아서 공부하기 위해 책을 읽는 것이 아니다. 자신의 시간과 돈을 써서 자기 전이나 이동 중에 취미 삼아 읽는다. 그런 환경에서도 무리 없이 머릿속에 들어오는 것이 엔터테인먼트 소설의 중요한 요건이 된다.

제대로 읽으면 알게 된다며 독자에게 떠넘기는 것은 가혹한 처사이며 도리에도 어긋난다.

요약하자면, 독특한 트릭과 카타르시스로 승부하고자 한다면 단번에 읽을 수 있는 단편이, 뼈대가 굵은 스토리 라인이나 이야기의 파도로 수수께끼를 연출하고 천천히 즐기게 하고 싶다면 장편이 어울린다.

글을 쓸 때뿐만이 아니다. 읽을 때도 이런 점을 의식해서 단편은 가능한 한 단숨에 읽으면 수수께끼를 더욱 재미있게 즐길 수 있으리라.

(막간) 독서 모임:
렌조 미키히코와 '역방향 화살표'

과제 도서 〈화학의 부〉(《초대초야정》 수록)

처음으로 렌조 미키히코를 읽은 것은 대학교 1학년 때로, 작품은 **《회귀천 정사》**였다. 《회귀천 정사》는 '미스터리와 연애의 결합'을 노렸다고 여겨지는 화장花葬 시리즈 중 한 권으로, 시대가 피부로 느껴지는 아름다운 문장과 상식을 뒤엎는 진상에 환상적인 독서 시간을 보냈다.

책을 읽자 다이쇼(1912~1926년을 가리키는 연호—옮긴이)라는 본 적 없는 시대의 습기를 머금은 대기가 피부로 생생히 느껴졌다.

가장 좋아하는 미스터리 작가를 한 명 꼽으라고 하면 망설임 없이 렌조 미키히코를 꼽는다. 사랑해 마지않는 작가다.

그 훌륭함을 조금이라고 알리고 싶어서 여기에서는 실제 단편을 소재로 삼아 '수수께끼를 만드는 계기로서 이런 식으로 사물을 바라보면 어떨까'라는 이야기를 분위기를 바꿔

서 독서 모임 형식으로 써보고자 한다. 줄곧 추상적인 이야기만 해왔기에 이쯤에서 특정한 작품에 대해 구체적으로 읽어보는 것도 좋으리라.

주제는 와이더닛에 대해 설명할 때 소개한 〈화학의 부〉라는 작품이다. 렌조 미키히코의 모든 작품을 통틀어 보아도 굴지의 명작이다.

독서 모임이므로 지금부터는 독자가 해당 작품을 읽었다는 것을 전제로 진행하기로 한다.

줄거리

다이쇼 12년1923년 2월 23일, 여배우 가와지 도키코가 자살한다. 그날은 도키코가 소속해 있던 극단 '가인좌'의 수장인 기누가와 간조가 죽은 날로부터 49일째에 해당한다. 도키코는 간조가 첫눈에 반한 여자로, 병으로 신음하는 남편이 있다는 이유로 거절하는 것을 무리하게 설득하여 극단에 초빙한 여배우였다.

목격 증언에 따르면 간조는 면도칼로 자신을 베고, 그 후 강에 몸을 던졌다고 한다. 간조와 도키코는 도덕 관념에 어긋나지만 부부 같은 생활을 하고 있었기 때문에, 도키코의 죽음은 간조의 '뒤를 쫓은 자살'이라고 여겨졌다.

하지만 간조가 자살할 만한 이유는 찾을 수 없었다. 간조와 도키코의 관계를 바탕으로 쓰였다고 말해지는 〈괴뢰유정傀儡有情〉이라는 연극은 큰 호평을 받았고, 하필 그 성공을 축하하던 밤에 간조가 물에 빠져 죽은 것이다. 정상의 자리에 서게 된 그때 왜 간조는 자살을 선택한 것일까?

〈괴뢰유정〉에서 간조 그 자체라고 말할 수 있는 가타기리 역을 연기한 '나'는 그 죽음을 도저히 이해할 수 없었다.

이 두 가지 죽음의 배경에는 무엇이 있었을까? 앞으로 핵심 부분을 건드리게 되므로, 아직 읽지 않은 분은 '스포일러는 여기까지'라는 굵은 글자가 적힌 부분까지 건너뛰기를 강력히 추천한다. 이 걸작의 진상을 이런 식으로 알아버려서는 안 된다.

※이하 스포일러 주의

'뒤를 쫓은 자살'이 성립하기 위해서는 '먼저 자살한 인간'이 있어야만 한다. 쫓을 그림자가 존재하지 않는 이상 뒤에서 쫓아가는 것은 불가능하기 때문이다.

시계열로 보면

첫 번째 사망 → 두 번째 사망

이 된다.

쫓고 쫓긴다는 면에서 보면

두 번째 사망쫓는 자**이 → 첫 번째 사망**쫓기는 자**을 쫓는다**

가 된다.

그렇지 않다면 '뒤를 쫓는' 것은 성립하지 않는다.

만약 이것이 거꾸로 된다면 어떻게 될까?

시계열로서

두 번째 사망 → 첫 번째 사망

이것은 일반적으로 절대로 있을 수 없다. 살아 있는 인간의 뒤를 쫓아 죽는 것은 불가능하며, 그래서는 그저 평범한 '자살'이다.

하지만 만약 누군가가 죽을 것이 정해져 있다고 친다면?

그 '예약된 죽음'을 '때가 오지 않았을 뿐, 이미 확정된 죽음'이라고 생각하면 시계열에서는 앞서 있다고 해도 마음속에서는 '뒤를 쫓는' 것이 되지 않을까.

나아가 미래에 '확정된 죽음'이 기다리고 있다면, 그것에 앞서서 자신이 죽으면 '미래의 죽음'은 자신의 '뒤를 쫓는' 것처럼 보이지 않을까.

즉, 간조와 도키코의 자살은 그런 것이었다.

병으로 신음하는 남편을 줄곧 잊지 않았던 도키코는 남편이 죽고 딱 100일째가 되는 날에 뒤를 쫓아 죽고자 마음먹고 있었다. 이것은 통상적인 '뒤를 쫓는' 행위다.

애초에 확정되어 있던 것은

도키코 남편의 사망 → 100일 → 도키코의 사망예약된 죽음

이었다.

도키코의 결심을 알아버린 간조는 그것을 용인하는 것도 불가능했지만, 그렇다고 막을 수도 없어서 도키코에 대한 마음뿐만 아니라 굴욕감과 자존심 때문에 스스로 죽기로 결심한다.

그렇다면 적어도 세상에서는 '도키코가 자신의 뒤를 쫓은' 것처럼 보이도록 도키코가 죽기로 예정한 날로부터 역산하여 그 예정일이 자신의 사후 49일째가 되는 날을 골라 '의미'를 부여하며 자살하게 된다.

그러니 '실질'적으로는

도키코의 사망 예약된 죽음 → 간조의 사망

이며

간조 쫓는 자 → 도키코 쫓기는 자

였던 것이 간조의 죽음이 사이에 끼어들면서

도키코 남편의 사망 → 51일 → 간조의 사망 → 49일 → 도키코의 사망 남편이 죽은 후 100일

이 되어, 도키코 남편의 죽음을 모른다면 외부에 '보이는 것'은 전부 역전하게 된다.

시계열로서는

간조의 사망 → 49일 → 도키코의 사망

이 되어, 마음속에서는

도키코 쫓는 자 → 간조 쫓기는 자

라는 구도가 되는 것이다.

그야말로 목숨을 건 대단한 트릭이다.

어떻게 하면 이런 것을 떠올릴 수 있는지 아연실색함과 동시에 이 도착倒錯된 심리를 작품으로서 성립하게 만든 섬

세한 수완(그것도 이때, 34세!)에는 엎드려 절을 할 수밖에 없다.

복선도 치밀하게 깔려 있다. 간조의 지시로 '나'를 만나러 다니는 도키코가 약속을 며칠 어겼을 때 보인 간조의 당혹스러운 모습과 '나'의 곤혹, 사십구재 이야기로 허둥대는 도키코는 독자의 뇌리에 선명한 인상을 남기며, 선향을 마주하는 위화감도 이런 장면과 함께 그려짐으로써 기억에 쉽게 남는다.

또한 섣달그믐날 저녁, 간조와 도키코가 언쟁을 하는 장면 다음의 대사는 훌륭한 더블 미닝이 되며, 진상을 알면 모든 것이 뒤집힌다.

"저는 선생님의 뒤를 쫓아 죽을 거예요. 선생님이 없으면 인생 따위 살아 있어도 의미가 없습니다."

"그러니까 무대만은 무사히 끝내겠어요. 2월에 사십구재가 끝나면……."

그리고 이 상식을 벗어난 애증극을 가능하게 하는 것은 그 절묘한 구성이다.

우선 프롤로그 부분에서는 '여자, 남자, 선생님'이라고만 표기하고, 그것이 누구인지는 알 수 없도록 해서 이어지는 1장과 함께 오해를 유도한다.

1장에서는 시대 배경과 연극의 세계에 대해 간단히 설명하고, 시마무라 호게쓰島村抱月와 마쓰이 스마코松井須磨子의 '뒤를 쫓은 자살'이라는 실제로 있었던 사건을 서술함으로써 '이 시대, 연극계라면 이런 일이 일어나도 그렇게 이상한 일은 아니다'라는 사실을 자연스럽게 제시하는 것에 성공한다.

다이쇼라는, 떠올릴 수는 있어도 실감은 할 수 없는 거리감이 느껴지는 시대 설정을 통해 '그런 일도 있을 수 있겠네'라고 생각하게 하고, 나아가 실제로 있었던 사건을 끌어옴으로써 현대에서는 성립하기 어려운 관계와 감정을 '그럴 수도 있는 것'으로 자연스레 무의식중에 독자에게 새겨 넣는다. 결코 본문에서 '현대에서는 이상하게 생각될지도 모르지만 이 시대라면 드문 일도 아니다' 같은 장황한 '설명'을 하지 않았다는 점에 주의하자.

세세한 부분까지 파고들어가면 이 파트에서는 진실과는 다른 내용도 지문으로 단정적으로 적혀 있기에 불공정한 기분이 들지 않는 것도 아니다. 하지만 마지막 부분에 '나'가 등장함으로써 '항간에 떠도는 둘의 이야기'를 진상을 알기 전의 '나'가 해설하고 있다는 식으로 해석할 수도 있다. 애초에 이 작품에서 그런 것을 신경 쓰는 사람은 거의 없을 테지만 말이다.

그리고 2장, 3장은 삼인칭, 4장 이후는 '나'가 화자가 되어 이야기가 진행된다.

중요한 것은 2장, 3장에서는 도키코와 간조, 특히 도키코의 내심은 전혀 그려지지 않는다는 점이다. 대사나 행동은 묘사되지만 그 심리는 설명되지 않는다. 그들의 관계도 주변에서 볼 때 어떻다는 식의 바깥 측면에서 그려진다. 물론 '나'가 말하는 부분에는 '나'의 주관밖에 담겨 있지 않다.

더욱 정교한 것은 〈정조를 지키는 여자 고키쿠〉 등 도키코가 출연하는 연극의 줄거리를 적음으로써 작중에 있어서 현실과 허구의 경계를 모호하게 만드는 점이다.

둘의 관계를 바탕으로 했다고 말해지는 〈괴뢰유정〉도 세간에서 그런 소문이 나도는 것뿐, 그것이 사실이라고 둘이 직접 말하지는 않는다. 더욱이 '나'가 그 진위를 묻는 장면에서는 〈괴뢰유정〉의 등장인물 두 명의 이름으로 말하기 시작한 관계가, 어느샌가 도키코와 간조의 이야기처럼 바뀌어 간다.

'나'가 도키코에게 "진짜로 있었던 일입니까?"라고 묻자, 도키코는 대답 대신에 왼쪽 팔뚝을 아주 조금 드러내 '그 흔적'을 보여 줌으로써 대답을 대신하지만, 그것은 부정도 긍정도 아니다. 냉정하게 보면 '그 흔적'이 무엇에 의해 생긴 것인지는 누구도 알 수 없다.

하지만 독자는 적혀 있지 않은 부분을 작중의 세간과 마찬가지로 소문대로라고 받아들이고 읽게 된다.

그것을 가능하게 만드는 것은 철저하게 내면을 그리지 않는 파트에서 독자에게 심은 '무슨 일이 벌어진 걸까?'라는 의심을 '나'나 세간의 주관으로 말하는 파트에서 정교하게 미스 리딩으로 유도하는 구성의 묘에 있다.

만약 작중에 간조나 도키코가 대사나 마음속 목소리로 본심을 말했다면 그것이 얼마만큼 절실한 것인지는 알 수 있다고 해도 어딘지 모르게 흥이 빠지고 억지스럽게 여겨질지 모른다.

이것은 말하자면 작품 내부에서 바깥쪽을 향하는 일방적인 감정이자, 독자는 받아들이는 입장이 될 수밖에 없다.

하지만 명백히 문장으로 전하는 것이 아니라 그저 소문으로 말해짐으로써, 독자가 '그런 것이구나' 하고 스스로 생각하는 마음은 작품 내부를 향해 적극적으로 뻗어 간다.

'이런 거니까 알아주세요'라고 무리하게 이쪽으로 향하는 마음에 대해서는 인간은 거리를 두고 싶어지며, 때로는 거부하고 싶어지기도 한다. 한편 '더욱더 알고 싶어'라고 작품 내부로 향하는 마음은 글로 적혀 있지 않은 틈새를 채우고 독자의 마음 속에서 확대 해석의 여지를 만든다.

이 작품에서 관계자는 모두 죽었고, 유서나 유언은 일절 남아 있지 않다. 어느 누구도 진상이 어떤지 확정적으로 말할 수 없다. 종장에서 말해지는 간조의 진실도 '나'가 그렇게 확신했을 뿐이다.

하지만 '나'의 확신이란, '나'가 '분명 그렇겠지'라고 생각했다는 마음이 간조와 도키코를 향하는 것이다. 작중 당사자가 독자에게 일방적으로 전달하려는 정념이 아니라, '그런 것 맞죠? 간조 씨'라고, 작중 인물에 다가가 한 번 그곳을 경유하고 나서 독자에게 도달한다. 그렇기에 독자는 자연스레 거기에 자신의 마음을 담아 함께 이야기의 세계를 만끽할 수 있다.

물론 뛰어난 문장력이 그것에 박차를 가한다는 점은 말할 필요도 없지만, 그것뿐만이 아니라 매우 기교적인 구조도 겸비되어 있다.

※스포일러는 여기까지

이처럼 렌조 미키히코에게는 '통상 일방통행밖에 없는 화살표가 반대로 향하는' 것이 핵심이 된 작품이 많다.

이 작품처럼 '순서' 같은 시계열에 대한 것도 역방향으로 만드는 한편, '용도'와 같은 것도 역방향으로 만든다. 보통이라면 한 방향으로밖에 움직이지 않는 시간, 사고, 용도 등을 뿌리째 반전시킴으로써 이야기, 심리, 가치관, 나아가서는 세계를 뒤집는다.

〈화학의 부〉에서는 '뒤를 쫓은 자살'이라는, 있을 법한 일이라 누구나 그 의미를 의심하거나 새삼 생각해 보지 않는 것을 일부러 반대로 파악함으로써, 그로부터 세계를 반전시킨다.

아무런 근거도 없지만 렌조 미키히코 안에서는 '일방통행이라고 확신하던 화살표를 반대로 돌려 본다'는 발상이 어딘가에 있었던 것은 아닐까 제멋대로 상상해 본다.

그런 관점에서 보면 〈회귀천 정사〉도 완전히 같은 구조이며, 나오키상을 수상한 **〈러브레터〉**(《연문》 수록)도 특정 물건의 용도를 반대로 만든 이야기다.

특징적인 것은 그 화살표가 스트레이트하게 180도로 역전하여 반대 방향을 향한다. 그럼으로써 역전의 구도를 보다 돋보이게 만든다.

물론 단순히 화살표를 거꾸로 뒤집은 것만으로 수수께끼가 성립되지는 않으며 이야기가 만들어지지도 않는다. 하지만 어떻게 하면 그 역방향 화살표가 성립할 것인지, 어떻게 하면 독자가 납득할지, 어째서 역방향이 된 것인지를 생각해 보는 것은 수수께끼나 동기, 이야기를 생각하는 계기가 되어주지 않을까.

예를 들어 장례식은 누군가가 죽었기에 발생하는 것이지만, 어떻게 해도 장례식을 하고 싶다거나 장례식을 하지 않으면 안 되는 사정이 있어서 시체가 필요해진다. 그렇다면 그 이유란? 그것으로 가능해지는 일이란? 이런 식으로 발상을 펼쳐 나가는 것이다.

인감이란 무언가를 승인하기 위해 찍는 것이지만, 인감이 찍혀 있다는 이유로 무언가를 기정사실로 삼지 않을 수 없거나 기정사실화 되고 마는 상황이 된다. 그 사실이란 무엇인가? 도무지 도리에 맞지 않는 것도 '기정사실'이 될 수 있는가? 등등.

가위는 물건을 자르기 위해 사용하는 것이지만 그 가위를 '자르지 않기' 위해 사용하는 일은 가능할까? 물리적인 의미가 아니라 비유적인 의미로도 좋다. 가위에 의해 잘리는 것이 원래대로 돌아갈 수 있다고 친다면 그것은 어떤 것이고 어떤 때 어떤 마음에 의한 것일까, 등이다.

그런 상상을 거듭해 나가는 도중에 '이거야!'라고 생각되는 순간이 찾아올지도 모르고, 그렇지 않더라도 익숙한 세계도 보는 방식에 따라 힌트의 보고가 될지 모른다. 그렇게 생각할 수 있다면 그것으로 충분하다.

그리고 이것을 계기로 렌조 미키히코의 작품을 더 많이 읽게 된다면 그것은 무엇보다 기쁜 일이다.

한편, '화학花虐'이라는 익숙하지 않은 단어는 사전에도 실려 있지 않다. '꽃'과 '모질다'는 뜻의 한자가 지닌 이미지와 내용으로 볼 때 이 조어가 무엇을 말하려고 하는지는 전해져 오지만 말이다. 그런데 일본어로 이 '화학'은 '가역可逆'과 발음이 같다. 이 이야기의 근간을 제목의 발음에 더블 미닝으로 숨겨둔 것은 아닐까? 이렇게 생각하는 것은 너무 지나친 억측일까?

◈ 8장 ◈

인간미가 느껴진다는 추리소설이란?

미스터리에 국한하지 않고, 소설을 말할 때 종종 '리얼리티'라는 말을 사용한다.
'동기에 리얼리티가 없다'거나 '동네 묘사가 리얼하다'는 식이다.
그렇다면 '리얼리티'란 무엇일까. 어떤 것을 가리켜 '리얼리티가 있다'고 말할까.
'리얼'이란 현실을 말하므로, 현실 세계를 묘사한 것,
현실과 거의 차이가 없는 것을 가리켜 '리얼리티가 있다'고 한다고 생각하는 사람이 많다.
오래전 일인데, 작중 등장인물에 사용되는 한자가
인명용 한자에 실려 있지 않다는 이유로 "이 작품은 리얼리티가 없다"거나
"이런 것은 읽지 않는다"고 말한 어떤 '지식인'의 이야기를 듣고
바보 같다고 생각한 적이 있었다.
이름의 한자가 인명용 한자에 지정되어 있는지 어떤지에 대해
과연 얼마만큼의 사람이 '현실'적으로 의식하고 있을까.
그렇다면 인명용 한자로 지정되지 않은 예명이나 필명을 사용하는 사람은
'현실감이 없는' 존재일까? 그렇지는 않을 것이다.
다소 극단적인 예를 들었지만, 과장이 아니라
이런 '현실과 다르지 않은 것=리얼'이라고 생각하는 사람이 많은 것 같다.
하지만 '현실과 다르지 않은 것'과 '현실감을 가지고 받아들일 수 있는 것'은
비슷해 보이지만 완전히 다르다.
소설에서의 '리얼'이란 반드시 현실과 맞닿아 있다는 것을 의미하지 않는다.
그 부분부터 먼저 생각해 보기로 하겠다.

'현실=리얼'이 아니다

오히려 '현실'이 리얼함을 잃는 경우도 있다. '현실은 소설보다도 기괴하다'라고 해야 할지, 매일 뉴스를 보고 듣다 보면 알 수 있듯이 현실 세계에서 일어나는 사건은 상상을 초월하는 일뿐이다.

딱히 이유도 없이 '사람을 죽여 보고 싶었다'는 이유로 벌인 살인사건이라거나, 이상한 편견을 바탕으로 한 범행 등 소설로 읽으면 '아무리 그래도 이건 아니잖아'라고 생각할 만한 일이 아무렇지도 않게 벌어진다. 이들은 '현실'에서 일어나는 사건이지만, 과연 '현실적'인 것일까. 텔레비전 화면을 보고 자신도 모르게 "말도 안 돼……"라고 중얼거릴 만한 일을 어떻게 소설로 읽고 믿을 수 있을까.

'의외의 동기'에 대한 사례로 소개한 작품에 그려진 심리를 우리가 생활 속에서 실제로 품을 일은 분명 없을 테고, 주변에서도 찾아볼 수 없을 것이다. '현실'을 중시한다면 도저히 '리얼'하다고 말할 수 없는 것들뿐이다.

하지만 일단 한번 작품을 읽으면 범인이 왜 그런 일을 벌였는지 공감이 되고 읽은 후에도 오래도록 뇌리에 남는다.

그것이 소설에서 말하는 '리얼'이다.

현실 세계와 맞닿아 있는 것, 제대로 취재하고 적은 것, 일반론으로 받아들일 수 있는 것, 매우 세세한 부분까지 적은 것이 리얼한 것이 아니다.

작품 세계에 흐트러짐이 없다면 아무리 '현실'에서 벗어난 이야기라도 독자는 공감하며 읽을 수 있다. 그 흐트러짐 없는 세계를 구축하는 것이 세계를 만든다는 말이며, 독자의 마음을 사로잡는 것과 이어진다.

현실 세계와 맞닿은 것이 리얼하다고 생각하기 쉬운 이유는 거기에 추가적인 설명이 필요 없기 때문이다. 상식은 아무런 전제 없이 받아들일 수 있다. 평소의 생활과 경험이 보이지 않는 설득력이 되어 배후에 존재하기 때문에 '현실'에는 위화감이 없다.

등장인물은 그 세계에서 '살고 있다'

애초에 소설은 픽션이지 현실이 아니다. 사람들은 허구의 세계를 즐기기 위해 소설을 읽는다. 현실 세계에서 일어나는 사건을 세세하게 알고 싶다면 신문이나 논픽션을 읽으면 족할 뿐 소설을 읽을 필요는 없다.

흔히 말하는 '세계관'이란 기발한 설정을 선보이기 위한 것이 아니라, 소설 세계를 확실히 만들어내기 위해 존재한다.

아무리 특수한 세계라도 묘사하는 것에 진실미가 있으며 그 안에서 이치에 맞는 데다가 정합성이 있고 사람들의 생각이 느껴지며 감정 이입하여 함께 울고 웃을 수 있다면 그곳은 분명 '존재'하는 세계이며 '리얼리티'를 충분히 갖는다.

그렇기에 소설을 쓸 때 주의해야 할 점은 '이 세계에서 살아가는 사람'이라는 눈으로 등장인물을 바라보는 것이며,

'이 사람이라면 어떻게 행동할까?'라는 관점에서 언행이나 전개를 생각하는 것이다.

미스터리에서는 때때로 트릭이나 동기가 먼저 정해져 있고, 그에 따라 인물이 배치되거나 행동이 할당되기도 한다. 다만 인물이 너무 정해진 장기말처럼 행동하면 그때부터 '리얼리티'는 사라지게 된다.

최종 도착점은 달라지지 않더라도 중간 과정은 절대 생략해서는 안 된다. '왜 그런 행동을 할 필요가 있었는지', '왜 죄를 저지른다는 일선을 넘었는지'와 같은 부분은 각 등장인물이 어떤 심경의 변화에 따라, 혹은 어떤 굳은 결의를 바탕으로 행동을 일으켰는지에 대해 등장인물이 되어 생각할 필요가 있다.

여기에서 '생각한다'라고 적은 것에는 이유가 있다. 7장에도 적은 것처럼 마음속을 하나부터 열까지 적어버리면, 이해할 수 있는 사람은 좋지만 그렇지 않은 독자는 파고들 틈이 없어지며 결국 작품에서 마음이 떠나고 만다.

인물의 배경은 제대로 준비해 두되, 그 전부를 빼곡히 적지는 않는다. 그 균형을 잘 잡아야 한다.

확실한 배경을 가진 인물과 딱히 아무것도 생각하지 않는 인물은 설령 같은 행동을 취했다고 해도 기이함과 설득력이 달라진다. 작품 내부에 설명이 없더라도 말이다.

하나하나의 행동의 축적이 어떤 의지에 바탕을 두고 있는지, 아니면 무턱대고 행동하는 것의 반복인지는 읽다 보면 자연스레 알게 된다. 그것이 최종적으로 어떻게 독자의 마음을 움직이는지는 상상하기 어렵지 않을 것이다.

편집자가 자주 하는 지적 중 하나는 '이 사람이 여기에서 이런 짓을 할 줄은 꿈에도 몰랐다'는 것이다.

편집자에 국한하지 않고 독자는 적혀 있는 정보를 바탕으로 등장인물을 머릿속에서 구성하여 '이런 사람이겠지' 하는 점을 무의식적으로 떠올리며 읽는다. 그렇기에 갑작스럽게 예상 밖의 언행을 하면 기이하게 여겨진다.

물론 그것이 복선이 될 때도 있기에 일률적으로 단정할 수는 없지만, 이야기를 진행하거나 전환하기 위해 '절차상' 생뚱맞은 언행을 하는 경우에는 억지스러움을 빚어낸다. 동시에 독자의 마음은 그 순간부터 작품에서 떠나가게 된다.

등장인물은 작품 세계 속에서 제대로 살고 있으며, 그들 나름의 신념과 고집에 따라 행동한다. 일반적인 윤리관이든, 엉뚱한 논리든, 등장인물의 사고와 행동에는 반드시 일관성이 있어야 한다.

그 부분을 아무런 설득력도 부여하지 못한 채 뛰어넘어 버리면, 쓰는 이는 편리할지 모르지만 이야기가 작위적이라는 느낌이 커진다.

이 '일관된 인물상'을 구축하는 것이 인간을 묘사할 때의 기본이다.

그렇다면 '인간미가 느껴진다'는 말은?

예부터 자주 듣는 비판 중 하나로 '인간미가 느껴지지 않는다'는 말이 있다. 하지만 편집자를 20년 넘게 해왔지만 어떤 것을 바탕으로 '인간미가 느껴지지 않는다'고 하는지 아직 잘 모르겠다. 즉, 이 비판은 사람에 따라 의미하는 바가 다르다는 말이다.

읽는 방법이나 느끼는 방법은 사람에 따라 다르기에 그 차이는 있겠지만, '인간이 장기말처럼 느껴진다'는 것은 전술한 것처럼 '언행에 일관성이 느껴지지 않는 등장인물'에 기인하기 때문이 아닐까. 제아무리 수수께끼를 푸는 재미가 메인이라고 해도 추리 퀴즈가 아닌 소설이므로 피해자나 범인의 행동 원리를 전혀 이해할 수 없고 임기응변적이라면 추리 '소설'이자 미스터리로서는 엉망이 되어버린다.

또한 자신과는 다른 성별의 캐릭터에는 주의해야만 한다. 거기에 무언가의 이상이나 소망이 투영되기 때문인지, 아니면 애초에 남녀가 근본적으로 다르기 때문인지 이성 독자로부터 "이런 남자/여자 없어"라는 비판을 받는 일이 종종 있다. 신인상 심사에서 여성 심사위원한테 자주 나오는 의견 중 하나로, "이렇게 형편 좋게 행동하는 여자가 있을 리 없다"는 평이 있다. '과거에 헤어진 연인을 계속해서, 심하게는 몇십 년이나 사모하다가 위험에 빠졌을 때 나타나서 몰래 도와준다'는 역할의 여성이 나왔을 때 나오는 말이다.

물론 그 행동에 필연성이 느껴진다면 문제가 되지 않는다. 하지만 대부분의 경우 중간 과정은 생략한 채, '옛 여자'가 갑자기 등장하여 주인공에게 구원의 손길을 뻗는다. 그것은 여러 의미에서 끼워 맞춘 듯하다는 평을 듣더라도 어쩔 수 없다. 하지만 이것은 '일관된 인물상'을 조형해 두면 회피할 수 있다.

지금도 좀처럼 이해하기 어려운 것이 "악惡이 적혀 있지 않다"거나 "착한 사람만 나온다"는 이유로 "인간미가 느껴지지 않는다"고 하는 평이다. 악을 묘사하는 것이 인간을 묘사하는 것이라는 말도 극단적이라는 생각이 들며, 애초에 우리는 매일 주변에서 명확한 '악'을 느끼며 살아가지도 않는다.

또한 악과 개성 강한 인간이 범람하는 작품을 '인간미가 느껴진다'고도 생각하기 어렵다. 아무런 맥락도 없이 별종만 등장하는 세계는 평범한 현실을 살아가는 우리에게 리얼하고 설득력이 있는 것일까? 그런 작품이야말로 '현실미'를 내기 위해서는 대단한 필력이 필요하다.

사견을 좀 더 피력하자면 어떤 의도가 있어 별종으로 가득 차게 만든다고 해도, 적어도 한 명은 '평범한 사람'을 배치하기를 추천한다. 그렇지 않으면 일반인인 독자는 다가갈 대상을 찾아낼 수 없다. '평범한 사람'을 배치함으로써 작중의 화제나 논의가 일반적인지 어떤지를 점검할 수 있다.

파트너가 등장하는 작품에서 대개 둘 중 한 명은 필요 이상으로 상식적인 사람인 것에는 이유가 있다. 홈스도 왓슨이 없다면 그저 별종에 불과하며, 왓슨이라는 사교, 통역 담당이 있기에 명탐정으로서 활약할 수 있다.

여러 가지 예를 들었지만 말하고 싶은 점은 단순하다. 등장인물이 '그곳에 분명 존재'하게 만들어야 한다는 점이다.

글을 쓰기 전에 등장인물의 이력서를 만들어둔다는 한 작가의 이야기도 들은 적이 있다. 어렸을 때부터 어떤 경험을 거쳐 어른이 되었는지, 글에 적을 예정이 없는 것까지 포함해서 가능한 한 자세히 준비해 둔다고 한다.

그 과정에서 머릿속 실루엣에 생명이 불어넣어지며, 이야기 전개가 막혔을 때도 '이럴 때 이 사람은 어떻게 할까?'를 생각하면 자연스레 그 행동이 보인다.

이렇게 '등장인물이 제멋대로 움직이는' 정도까지 이른다면, 나머지는 그들이 점점 이야기를 살아서 움직이게 해줄 것이다.

사실 미스터리 작품일 경우에는 플롯에서 벗어나는 행동을 벌이는 인물이 나오면 회수가 어려워질 수 있다.

그럼에도 조금씩 궤도를 수정하여 인물의 날것의 매력과 미스터리로서의 구축을 균형 있게 조정하며 글을 쓸 수 있게 되면, 거기에는 분명 생동감이 느껴지는 절실한 이야기가 살아 숨 쉬게 될 것이다.

처음부터 그런 부분까지 목표로 삼는 것은 무척이나 어렵다. 또한 과거 내가 그랬던 것처럼 인간미보다 트릭을 중시하는 독자도 있으므로 이것이 필수라고 생각할 필요는 없다. 하지만 이야기의 앞뒤를 맞추기 위해서 장기말처럼 인물을 움직이다 보면 독자에게는 그 방식이 훤히 보이고 글에 질리게 된다. 이것을 의식하는 일은 매우 중요하다.

◈ 9장 ◈

무엇을 위해
세계를 만드는가?

이번 장에서는

인간 이외의 측면에서 세계를 묘사하는 것에 대해

생각해 보겠다.

특수 설정물 전성기

신인상 응모작으로 투고되는 소재 중에 타임 트래블(타임 리프)물이 꽤 있다. 어떤 계기로 시공을 오갈 수 있게 되며, 과거나 미래로 날아가 사건이나 생각을 조작한다. 혹은 깨닫고 보니 지금과는 다른 시대, 장소에 있으며, 아무것도 모르는 세계에서 사건에 휘말린다는 내용이다.

현재와 관련 있는 일을 바꿈으로써 사건을 일으키거나 해결하며, 때로는 사건 그 자체를 없었던 것으로 만든다는 식이 일반적이다.

이 장르는 당연히 SF의 범주에 속하지만 상당한 비율로 미스터리 요소도 포함한다.

SF에 더 가까운 작품에서는 타임 트래블 이론이나 인과율의 개변改變에 주안점을 주고 있고, 미스터리에 가깝다면 그런 이론적인 면은 전제로서 가볍게 다룬 후 빠져든 세계에서 어떻게 행동하여 문제를 해결하는지에 역점을 두고 이야기가 움직이는 경우가 많다.

그것은 쓰는 이가 무엇을 지향하는지에 달린 문제겠지만, 읽는 이가 수수께끼 풀이를 어느 정도 바라고 있는지와도 밀접한 관련이 있을 것이다.

타임 트래블 작품에서 추천할 만한 작품을 떠오르는 대로 꼽아 보자면 영화 **〈백 투 더 퓨처〉** 3부작은 너무나도 유명하며, 게임에서 시작하여 애니메이션으로도 만들어진 **'STEINS;GATE'**의 높은 완성도와 구성도는 그야말로 경이적이다. 소설이라면 부동의 명작 **《여름으로 가는 문》**로버트 A. 하인라인, 눈물 없이는 읽을 수 없는 **《크로노스 존터의 전설**クロノス・ジョウンターの伝説**》**가지오 신지, 청춘, SF, 미스터리 등 재미있는 요소가 가득 담긴 **《타임 리프》**다카하타 교이치로 등 어느 것이든 절대 손해는 안 볼 테니 아직 읽지 않았다면 지금 당장 서점으로 달려가라고 자신 있게 권할 수 있는 작품이 많다.

시간 요소 이외의 특수 설정에는 랜달 개릿의 **마술사 시리즈**처럼, '과학 기술 대신에 마술이 존재하는 세계'에서 전개되는 이야기도 있다. 그곳에서는 마술 사회 특유의 수수께끼에 대해 과학적 수법이 아니라 마술을 통해 수사가 이루어지며, 우리도 이해 가능한 논리로 해결된다.

죽은 자가 되살아나는 세계를 무대로 한 **《살아 있는 시체의 죽음》**야마구치 마사야 같은 작품도 있다. 당연히 '죽어도 되살아나는데 왜 살인을 하는가'라는 것은 하나의 큰 모티브가 되며, 그에 따라 용의자와 추리의 폭도 크게 넓어진다. '살인사건'으로서 죽음을 다룰 수밖에 없는 숙명을 띤 미스터리가 '죽음' 그 자체를 정면에서 고찰하는 사변적思辨的이라고도 할 수 있는 접근을 통해 미스터리의 역사에 그 이름을 남긴 작품이다. 이후 다수 발표되는 '특수 설정 미스터리'는 이 작품의 성공 덕에 생겨났다고 해도 과언이 아니다.

마법을 쓸 수 있다면 마법으로 사람을 죽이면 된다

완벽하게 구축되어 설득력을 갖춘다면 독특한 세계는 그것만으로 매력적이므로, 제대로 창조한다면 큰 무기가 된다.

다만 기발함에만 신경을 빼앗겨 그 세계를 왜 구축하는지에 대한 '의미'가 뒤로 밀려서는 안 된다. 신인상 심사를 오래 담당한 경험을 통해 말하자면, 그것을 소홀히 여기는 작품이 눈에 꽤 많이 띈다.

세계가 단순히 분위기 조성을 위해서밖에 기능하지 않는 것이다.

벌어지는 사건, 등장인물의 사고방식, 가치관, 물리법칙, 법체계, 그것 전부가 동일하다면 현실 세계를 무대로 쓰면 될 뿐, 굳이 특수한 세계를 구축할 필요는 없다.

세계를 만드는 전 단계로서 우선 고민해야 하는 것은 자신의 아이디어가 보다 돋보이는 것은 어떤 무대인가에 대해서다.

케케묵은 것처럼 느껴지는 소재라도 현대적 디자인을 입히면 놀라울 정도로 신선하고 화려한 작품이 될 수 있을지 모른다. 반대로 현대 사회에서는 불가능한 이야기라 하더라도 시대나 국가가 다르면 성립할 수 있다.

특수 설정을 도입하는 것은 이런 검토를 어느 정도 마친 후, '새로운 세계가 아니면 아이디어를 충분히 살릴 수 없다'는 생각이 들 때다.

이 순서가 뒤집히면 종종 설정만이 붕 떠버리게 된다.

예를 들어 마법을 쓸 수 있는 세계인데 칼로 살인이 벌어졌다고 쳐보자.

마법은 원격으로 사용할 수 있으며 마법의 불로 태워 죽인다면 흉기도 남지 않고 흉기가 따로 필요하지도 않다. 그럼에도 굳이 '칼'이 사용되었다면, 거기에는 반드시 어떤 의미나 의도가 있을 것이다. 책을 많이 읽는 독자라면 그것이 수수께끼의 핵심이라고 확신할 것이다.

'어떤 사정으로 마법을 사용할 수 없게 된 것은 아닐까?'라거나, '마법을 쓸 수 없는 인간에게 죄를 뒤집어씌우기 위해 공작을 한 것은 아닐까?'라거나, '판명되면 그 순간에 범인이 특정되는 특수한 마법이나 상황이었던 것은 아닐까?' 등등 다양하게 상상의 날개를 펼친다.

그런데 그런 면을 완전히 무시한 채 담담히 조사가 이루어지며, 마법과는 전혀 관계없고 마법이 속임수로도 사용되지 않은 채 사건이 해결되면 '마법은 도대체 뭐였지?' 하며 채워지지 않는 실망감만 남게 된다.

특수한 세계를 설정한 소설이라면 독자는 그 '세계'에서만 맛볼 수 있는 이야기를 기대한다. 미스터리로 치자면 그 세계에서만 성립하는 트릭이나 논리, 동기를 말한다.

그런 것이 있어야 독자는 '그렇구나. 그래서 이런 특수한 세계가 필요했구나'라고 납득하게 된다.

다른 세계에서만 성립하는 이야기

우주를 무대로 한 응모작도 늘고 있다. 하지만 이들 작품 또한 폐쇄공간을 만들기 위한 목적으로만 우주선이나 스페이스 콜로니를 사용하고 있으며, 그 안에서 일어난 사건은 지구상에서의 밀실 사건과 닮아 있다.

그저 상황을 만들기 위한 폐쇄공간이라면 폭풍이 몰아치는 산장이나 외딴 섬과 다르지 않다. 우주 특유의 요소를 기대한 만큼 허탕을 친 기분이 든다.

우주를 무대로 한 작품 중에 SF뿐만 아니라 미스터리적인 면에서까지 높은 평가를 받은 작품이 있기에 소개한다.

바로 제임스 P. 호건의 **《별의 계승자》**라는 작품이다.

달에 여러 기지가 있으며, 한창 우주 개발이 행해지는 세계. 달 표면에서 새빨간 우주복을 입은 시체가 발견되는데,

그는 어떤 달 표면 기지에도 속하지 않은 자이며, 조사 결과 죽은 것은 5만 년 전이라는 사실을 알게 된다.

서두의 수수께끼부터 엄청나지만, 이것만으로도 알 수 있듯이 현실 세계의 이야기는 아니다. 먼 미래에 그런 시대가 올지도 모르지만 적어도 지금으로서는 있을 수 없는 무대와 설정이다.

물론 작중에 이 세계를 구축하는 이론과 환경, 상황에 대해 설명해 주기에 읽어 나가는 도중에 점점 이 세계에 대해 알게 된다.

또 다른 기이한 사태가 연속해서 벌어지며 수수께끼도 늘어나게 되지만, 최종적으로 그것 전부를 설명할 수 있는 합리적이며 유일한 해답이 제시된다.

특수한 세계임에도 불구하고 상식을 훨씬 초월했다고 생각되는 해결이긴 하지만, 홈스의 "불가능한 것부터 제거해 나가면 마지막 남아 있는 것이 제아무리 믿기 어렵다고 하더라도 사실에 해당한다"는 명언을 그대로 옮긴 것 같은 심플하면서도 다른 곳에서는 찾아볼 수 없는 해답이다.

이 작품 세계에서만 설득력을 가지며 현실과 대조하면 아무런 증명도 되지 않는 답이지만, 그렇다고 해서 불만을 품는 독자는 없을 것이다. 오히려 '그런 거였구나! 진작 깨달을 수도 있었을 텐데'라며 탄식하리라.

그것은 읽는 도중에 작품 세계에 자연스럽게 익숙해졌기 때문이다.

특수한 세계를 만든다면 목표로 삼아야 할 것은 바로 이런 경지다.

또한 미스터리는 아니지만 우주의 폐쇄공간을 사용한 예로서 톰 고드윈의 **〈차가운 방정식〉**(《SF 명예의 전당 1 : 전설의 밤》 수록)도 소개하고 싶다.

이 작품도 이 무대 설정이 아니면 성립하지 않는 이야기다. 같은 모티브로 다른 작가가 장편을 쓰기도 했지만, 단편이긴 해도 가차 없는 날카로움은 물론, 제목의 냉철함까지 단편 소설의 역사에 남는 걸작이다.

하나의 완결된 세계를 만드는 것이 무엇을 의미하는지, 그리고 그것은 무엇을 가능하게 하는지, 이 작품은 짧은 내용 속에서 그것을 선명하게 드러낸다.

완전한 오리지널은 존재하지 않는다?

특수한 세계를 만들 때 또 하나 주의해야 하는 것은 그것이 '좋아하는 것만을 잘라 붙인 세계'는 아닌지 하는 점이다.

판타지 계열 신인상 심사를 맡은 사람이 "믿지 못할지도 모르지만 게임 '파이널 판타지'를 그대로 소설로 만든 작품 투고가 꽤 많습니다"고 말한 적이 있다.

투고한 사람은 분명 자신이 좋아하는 게임 세계를 자신 나름대로 확장해서 이야기로 만든 것이리라. 처음에는 그것으로 충분하다. 창작은 모방에서 시작되며, 좋아하는 세계에 다가가고 싶어서 이야기를 만드는 것은 창작의 시작점으로서는 왕도에 해당한다.

다만 글쓰기를 업으로 삼아 자신의 이름으로 작품을 내기를 원한다면 빌려 온 세계에 만족해서는 곤란하다. 그것은 독창성이라는 작가 최대의 무기를 포기하는 것과 동시에 누군가로 대체될 수 있는 작가가 된다는 것을 의미한다.

좋아하는 작가가 있다면 자신이 왜 그 사람의 신간을 손꼽아 기다리는지 생각해 보면 좋으리라. 그것은 그 작가가 아니면 읽을 수 없는 세계가 그곳에 있기 때문이다. 다른 누군가를 대용으로 삼을 수 있다면 이미 시중에 나와 있는 책을 읽으면 된다.

한편, '완전한 오리지널 따위 존재하지 않는다'는 주장도 있다. 누구든 지금까지 보거나 읽거나 들은 것에 직간접적으로 영향을 받기 때문이다.

그런 예비지식이나 선행 작품에 대한 정보를 일체 배제하고 '순수한' 음악가를 키우고자 시도한 작품이 있다. **〈무반주 소나타**Unaccompanied Sonata**〉**오슨 스콧 카드라는 단편이다. 미스터리는 아니므로 여기에서 손꼽기는 조금 성질이 다를지 모르지만, 짧은 페이지에 응축된 독창성에 관한 설명, 그리고 창작이라는 행위 그 자체에 관한 질문은 그것을 새삼 생각해 보는 좋은 기회를 제공한다.

완전히 독창적인 작품은 불가능하다는 이유를 들며 '빌린 것'이나 '잘라 붙인 것'으로 충분한지 생각해 보면 결코 그렇지 않다. 그런 상황이어도 분명 자신밖에 만들 수 없는 세계가 있을 것이며, 독자적인 세계와 창작하는 의미는 모색하는 것에서 생겨난다.

이른바 '표절'이라고 비판당할 정도로 특정한 무언가와 닮지 않았더라도, 어딘가에서 보거나 들은 것을 모아서 만든 작품은 응모작에서 쉽게 볼 수 있다. 그리고 그런 응모작 중에 꽤 재미있는 작품도 많다. 좋아하는 것을 모아서 자신 나름대로 구축한 세계일 것이다.

하지만 그것은 '무언가와 닮았다'는 인상을 강하게 남기게 되며, 이는 매우 불리하다. 신인상은 소설의 기술적인 면보다도 독창성이나 잠재력을 평가하고자 하기 때문이다.

자신의 피와 살이 된 이야기가 있다면(그런 것이 있으니까 사람은 스스로 이야기를 만들고자 한다), 그것을 일단 소화해서 자신의 것으로 만든 후에 원형과는 다른 형태로 새롭게 이야기를 분출해야만 한다.

자신이 왜 이 이야기를 좋아하고 싫어하는지, 왜 이 인물이 좋고 싫은지, 재미있음에도 기억에 남지 않는 것은 어째서인지, 싫어하는데 잊지 못하는 것은 어째서인지, 결말에 납득이 가지 않는 것은 어째서인지, 어떤 결말이라면 납득이 될 것인지…….

그런 식으로 평소 독서나 자문자답을 통해 자신 속에 축적해 나가는 것이야말로 '나였다면'이라는 오리지널리티를 알지 못하는 사이에 키워주는 것은 아닐까.

◈ 10장 ◈

제목은
최고의 광고 카피

신인상에 응모한 적이 있는 사람이라면,

아니 신인상에 투고할 마음이 있는 사람이라면 누구든

한 번은 '예선 통과작 목록'을 샅샅이 들여다본 적이 있을 것이다.

그때 라이벌의 작품명이나 필명을 보고 무엇을 떠올렸는가.

예선 통과작 목록을 들여다보면

꽤 많은 비율로 '이름을 어떻게 읽는지 알 수 없다'거나 '어떤 이야기인지 전혀 상상되지 않는다', '너무 멋을 부렸다' 등등 부정적인 인상을 품은 경험이 있지는 않을까 싶다.

그렇다. 신인상 응모작에서 '이 제목, 센스 있네'라고 생각할 법한 작품은 안타깝게도 거의 없다. 그리고 수상작이라고 하더라도 실제 출간할 때는 꽤 높은 빈도로 제목이 변경되며, 경우에 따라서는 필명이 바뀌는 경우도 있다.

혹시나 하는 마음에 말해 두는데 신인상 선정에 있어서 제목이 좋지 않아서 수상을 못 하는 일은 벌어지지 않는다. '엄청나게 재미있지만 제목이 별로니까 안 돼'라는 논의는 지금까지 경험한 적이 없다. 다만 같은 수준의 작품이 있다면 작명 센스가 느껴지는 쪽이 유리한 면이 있을지도 모르고, 수상은 하겠지만 제목 변경이 전제가 되는 일은 종종 있다.

신인상에 한정해서는 문제가 되지는 않지만 제목은 데뷔 후에도 언제나 따라다니는 문제이므로 처음부터 의식해 두어서 손해는 없다.

애당초 왜 제목이나 필명을 바꾸라는 요구가 나오게 되는 것일까?

물론 그저 신인에게 짓궂게 굴기 위해서가 아니다. 보다 많은 사람이 볼 수 있게끔 만들기 위해, 그리고 앞으로의 작품 활동을 위해서다.

마음에 들어서 붙인 제목과 필명인데 쓸데없는 참견이라고 생각할지도 모르지만, 편집자가 어째서 변경을 요구하는지 그 이유를 알아두었으면 한다.

기억하기 어려운 제목, 작가의 책은 찾을 수 없다

일단 필명에 관해서는 단번에 읽을 수 있고 기억하기 쉬운 것이 최고다. 읽을 수 없는 한자, 너무 어려운 한자, 특수한 방식으로 읽어야 하는 한자가 나열된 이름은 책을 주문하거나 검색할 때 발목을 잡게 된다.

막상 서점에서 책을 찾으려고 했을 때, '그 작가, 이름이 뭐였더라?'라는 반응이 나와서는 팔릴 것도 팔리지 않게 된다. 한자를 읽지 못해도 인터넷으로 검색할 수 있다고 말할 수도 있지만, 복사/붙여넣기를 하는 것이라면 몰라도 제로 상태에서 떠올리고자 하는 경우 애초에 기억하지 못하는 것은 떠올릴 수 없다.

또한 평생 함께하게 될 이름이므로 그 당시의 기분으로 웃긴 이름을 붙이면 나중에 부끄러워질지도 모른다. 농담이

섞인 필명은 개그 작품이라면 몰라도 진지한 작품일 때는 어울리지 않을 수도 있다.

이것은 제목도 마찬가지다. 읽을 수 없고 기억할 수 없는 제목이라면 책을 찾기 어렵다.

이미 이름이 알려진 작가라면 몰라도 이쪽은 신인이다. '이름도 모르는' 작가의 '어떻게 읽어야 좋을지 알 수 없는' 제목의 책을 굳이 읽으려고 하는 사람은 거의 없다. 앞으로 이름을 알려 나가야 하므로 쓸데없는 장애물은 없애는 편이 좋다.

제목을 짓는 작명 센스도 중요하다. 예선 통과 작품 목록을 조금만 살펴보면 알 수 있듯이 '중2병'이 그대로 드러나는 것 같은 작품명이 상상 이상으로 많으며, 반대로 제목이 너무 진중해서 어느 시대의 소설인지 묻고 싶어지는 작품도 있다.

그리고 무엇보다 제목을 보고 어떤 이야기인지 짐작이 가지 않는다면 흥미가 전혀 샘솟지 않는다.

많은 고민 끝에 결정한 제목이라는 점은 안다. 다른 작품과의 차별화를 꾀하고자 한 것도 안다. 하지만 너무 힘을 준 나머지 읽는 사람까지 부끄러워지는 것이나, 독선적인 아우라가 흘러넘치는 것은 내용을 제대로 모르는 상태에서 접하는 독자로서는 괴로울 뿐이다.

또한 제목에는 저작권이 없기는 하지만 유명 작품과 똑같은 제목은 도의상 문제가 있으며, 데뷔작부터 색안경을 낀 시선으로 보여지게 되는 것도 마이너스가 된다.

제목이 지닌 힘을 가장 빠르게 테스트해 보는 방법은 서점에 가는 것이다. 신간 평대에 놓여 있는 많은 책 가운데 자신이 생각한 제목이 있다고 칠 때, 그 안에서 승부를 벌일 수 있는지 생각해 보는 것이다. 나아가 실제로는 저자라는 강력한 홍보 요소도 거기 포함된다. 유명 작가의 작품이 나열된 가운데, 무명의 신인이 그 제목으로 상대할 수 있을까?

제목과 저자의 이름이 없는 책은 없다

제목과 저자의 이름에 신경 써야 하는 최대의 이유는 '제목과 이름은 어떤 곳에도 따라붙으며, 절대 빠지지 않기' 때문이다.

신간이 나올 때는 대개 광고가 함께 이루어진다. 신문, 잡지, 인터넷 등 다양한 매체를 통해 신간 안내를 하는데, 그 설명문(카피나 리드문이라고 부른다)의 문자량은 공간에 따라 제각각이다. 광고 공간은 부수에 비례한다. 초판을 다량 인쇄한 책은 광고 공간도 크게 잡으므로 마음껏 내용을 소개할 수 있지만, 신인의 작품은 그렇지 못하다. 간결하게 줄여서 요점만 소개하는 것이 태반이며, 경우에 따라서는 한 줄 정도밖에 되지 않을 때도 있다.

그 경우 아무리 공간이 적다고 해도 당연하게도 제목과

저자의 이름만은 결코 빠지지 않는다. 그리고 어떤 광고라도 대개는 제목을 가장 크게 표기한다.

제목이 최대의 광고 카피로서 기능하기에 그것을 염두에 두고 생각하는 편이 좋다는 말이다.

장르는 다르지만 서점에서 자기계발서 책장에 가보면 금방 알 수 있다. 제목만으로도 무엇에 관한 책인지 단번에 알 수 있는 것들이 가득하며, 광고 카피를 그대로 제목으로 삼은 듯한 책도 있다.

예를 들면

《영장류》

《인류의 선조는 정말로 원숭이일까?》

《잘못 진화한 원숭이들—인간이라는 생물》

이라는 책이 나열되어 있다면 어떤 것을 고를 것인가.

관심이나 문제의식에 따라서도 다르겠지만,《영장류》라는 타이틀은 너무 딱딱하고 포괄적이라고 느껴진다. 다른 두 제목은 그런 주제에 관심이 있다면 손에 들고 목차 정도는 확인해 볼 것이다.

이와 마찬가지로 소설 제목도 그 장르에 관심이 있는 사람에게 '당신이 좋아할 법한 책이에요'라고 호소해야만 한다.

미스터리라면 미스터리, 호러라면 호러 느낌이 나는 제목을 붙이지 않으면 독자가 어떤 책인지 깨닫지 못할 수 있다.

물론 뭐가 됐든 '살인사건'이라고 붙이면 좋다는 말은 아니다. 하지만 '연애의 끝'이라는 제목이라면 아무도 미스터리나 호러라고는 생각하지 않는다.

미스터리라면 제목에 '뭐지', '어째서일까'라는 생각이 들게 하는 수수께끼의 훅이 될 요소가 필요하다. 호러라면 으스스한 분위기를 풍기는 표현이 좋다.

서점에서 자신도 모르게 눈이 머물 만한, 혹은 컴퓨터나 스마트폰을 조작하는 손을 멈추게 할 만한 그런 끌림이 필요하다.

제목 센스를 기르기 위한 훈련 메뉴

그럼 어떤 제목이 좋으냐고 묻는다면 답하기가 좀처럼 쉽지 않다. 이럴 때는 명작이라고 불리는 작품을 참고로 삼아 보는 것도 좋으리라. 《그리고 아무도 없었다》는 제목만으로도 섬뜩하며, **《고블린 숲의 집**The House in Goblin Wood**》**딕슨 카이나 **《악마가 와서 피리를 분다》**요코미조 세이시는 사용된 단어의 느낌만으로도 음산함이 전해진다. 수수께끼를 제시하는 제목이라고 하면, 《인형은 왜 살해되는가》는 제목을 본 순간 '무슨 말이지?' 하고 진상을 알고 싶어지며, **《그리고 밤은 되살아난다》**하라 료는 어찌 됐든 멋지다.

주의해야 하는 점은, 유명한 사람의 책이라면 단순하거나 한눈에 무슨 의미인지 알 수 없는 제목이어도 크게 히트한다는 점이다.

애초에 출판 업계에서는 '많이 팔린 책의 제목은 좋은 제목', '많이 팔린 책의 표지는 좋은 표지'라는 격언이 있기에 어떤 것이든 결과론이기는 하다.

가제를 정했다면 반드시 입으로 소리 내어 확인해 보자. 글자의 나열이 얼마나 아름답건 간에 입에 담았을 때 쉽게 발음하기 어려운 것, 말하기 어려운 것은 그다지 좋은 제목이 아니다. 결과적으로 기억하기 어렵고 착각하기 쉽기 때문이다.

의미나 문자의 나열과 마찬가지로 어조와 어감도 중요한 요소다.

스스로 제목을 고안하는 데 좋은 방법은 가제를 되는 대로 많이 만들어보는 것이다. 일단 잔뜩 생각한 후에 나열해 놓고 들여다본 후 어느 정도 추린 다음 서점이나 도서관에 가서 서가를 살펴보자.

스스로 쓴 글은 내용을 잘 알고 있기에 어떻게 하더라도 내용에 이끌려 테마에 치우친 쪽으로 제목을 생각하게 된다. 원고를 들여다보며 생각하는 한 거기에서 벗어나는 것은 불가능하다. 자신의 취미나 취향과는 무관한 언어의 집단을 접하며 새로운 발상을 위한 자극제로 삼아야 한다.

후배 편집자가 책의 광고 카피나 제목 선정에 고전하며 페이지를 넘기는 모습을 보면, "원고 안에 답은 없어. 서점에서 서가라도 들여다보고 와"라고 말하며, 나 또한 실제로 그렇게 하고 있다. 작품 그 자체에서 벗어나서 자신 안으로 살며시 들어오는 말에 귀를 기울임으로써 생각 외로 작품의 본질에 다가설 때도 있다.

목적 없이 산책하는 것도 좋다. 눈에 보이는 것에 대해 이래저래 생각하다 보면 완전히 다른 각도에서 힌트를 얻을 때도 있다.

그리고 좋은 제목이 떠오르지 않더라도 실망해서는 안 된다. 줄곧 생각해도 좋은 안이 떠오르지 않았는데, 잠시 외출한 것만으로 좋은 제목이 나온다면 아무도 고생하지 않을 테니 말이다.

중요한 것은 그때 떠오른 키워드를 앞서 만든 가제 리스트에 추가해서 말을 조합하거나 바꿔 보며 사고를 뒤섞어 보는 것이다.

단어나 문장을 고안하는 훈련으로 하나 소개하고 싶은 것이 있다. 바로 번역서 원제를 보며 '나라면 제목을 어떻게 번역할까'를 고안해 보는 것이다.

원제를 그대로 직역한 제목도 있지만, 번역서는 상당한 비율로 독자적으로 의역하거나 새로 제목을 지은 것이 많다.

성공한 작품 중에는 원제를 제대로 계승하고 있음에도 불구하고 원숙하게 뉘앙스도 놓치지 않은 '어떻게 하면 이렇게 뛰어난 제목을 떠올렸을까'라는 생각이 드는 작품도 있으며, 원형을 전혀 남기지 않았지만 내용을 알고 보면 '그래. 제목으로는 이게 더 낫네'라고 생각되는 것도 있다.

애거서 크리스티의 **《끝없는 밤에 태어나다》**라는 멋진 분위기를 자아내는 제목이 있다. 원제는 《Endless Night》다. '끝없는 밤에 태어나다'는 표현은 작중에 나오는 인상적인 문장이긴 하지만, 그럼에도 《Endless Night》를 그렇게 간단히 《끝없는 밤에 태어나다》로 바꾸기 어렵다.

그 밖에 떠오르는 대로 말해보면 **《여기서부터는 괴물 영역**(일본어 번역서 제목 – 옮긴이)》마거릿 밀러의 원제는 《Beyond This Point Are Monsters》로, 일본어 제목은 물론이거니와 원제 또한 어떤 센스가 있으면 이런 제목을 떠올릴 수 있을까 하는 탄식이 나온다.

앞서 소개한 〈9마일은 너무 멀다〉의 원제는 〈The Nine Mile Walk〉다. 작중에 나오는 표현은 "9마일이나 되는 길을 걷는 것은 쉽지 않다A nine mile walk is no joke"이며, "9마일은 너무 멀다"라는 대사는 없다.

힐러리 워Hillary Waugh의 **《실종 당시 복장은》**의 원제는 《Last Seen Wearing...》이다. 있는 그대로 번역하면 나올 법한 제목이라고도 생각되지만, 이것을 단번에 '실종 당시 복장은'으로 번역할 자신이 있는 사람은 그리 많지 않을 것이다. 콜린 덱스터에게도 마지막 '...'이 없을 뿐 같은 제목의 작품이 있는데, 이 작품의 일본어 제목은 **《키들링턴에서 사라진 여자》**(국내 출간명은 《사라진 소녀》 – 옮긴이)다.

번역서는 판권 페이지에 반드시 원제가 적혀 있으므로 시험 삼아 서점에서 눈에 띈 제목을 하나하나 살펴보았으면 한다. 여기에서 중요한 것은 보고 감탄하기만 하지 말고 반드시 '나라면 어떻게 제목을 붙일까'를 생각해 보는 것이다.

스스로의 생각을 거치지 않은 행위는 좀처럼 몸에 익지 않는 법이며, 이는 어느 경우든 마찬가지다.

그리고 제목을 붙일 때 가장 중요한 것은 다른 사람의 의견을 듣는 것이다. 물론 해당 작품을 읽지 않은 사람이어도 좋으며, 오히려 읽지 않은 사람이 더 좋다. 아는 사람에게 가제를 보여주고 어떤 책이 읽고 싶은지, 어떤 제목이라면 흥미가 샘솟는지, 혹은 전부 별로인지 직감만으로 판단해 달라고 하자.

그때 나오는 답은 아마도 가장 '일반 독자'의 답에 가까우리라.

◈ 11장 ◈

'두근두근 메모리얼'은 구로사와 아키라의 꿈을 꾸는가

이번 장 제목을 보고 '이거 무슨 책이었지?' 하고 불안해질 수도 있겠지만,

제대로 '미스터리 입문'이 맞으니 안심해도 좋다.

남자가 말하지 않는 연애 게임은 재미없다?

갑작스럽지만 '두근두근 메모리얼'이라는 게임을 아는가? 여러 종류의 게임기로 발매되었고, 후속 시리즈도 몇 편인가 나왔으므로 다소나마 게임을 좋아하는 사람이라면 이름 정도는 들어본 적이 있으리라 믿는다.

이른바 '연애 시뮬레이션'의 선구자 격인 게임으로, 주인공은 남자 고등학생이다. 3년간 공부와 동아리 활동을 통해 자신을 갈고닦으며, 졸업식 날 마음에 품고 있는 소녀에게 고백을 받는 것이 목적이다. 등장하는 소녀들은 무엇이든 잘하는 우등생부터 운동계, 문화계, 조금 특이한 아이까지 다양하지만, 남자는 기본적으로는 자신과 친한 친구 둘밖에 없다. 모든 대사가 성우 더빙은 아니지만, 자주 사용되는 말이나 마지막 고백은 녹음되어 있기에 컨트롤러를 꽉 쥔 채

두근거리는 경험을 한 분도 있을 것이다.

이렇게 설명하면 단순한 연애 게임으로 들릴지 모른다. 하지만 게임성 자체가 매우 높으며 마음속에 그리는 상대의 마음에 들기 위해서는 엄중한 관리가 필요하다. 나아가 모든 요소를 즐기고자 마음먹는다면 한두 번 클리어해서는 전부 맛볼 수 없을 정도의 볼륨이었다.

이 게임이 크게 성공하자 비슷한 게임이 마구잡이로 발매되었는데, 그런 후속 게임에 대해 어느 블로거가 남긴 감상문에 기이한 표현이 있었다.

바로, "친구인 남성 캐릭터가 말을 하지 않으니까 무언가 부족하다"는 내용이었다.

분명 '두근두근 메모리얼'에 등장하는 남성 친구 캐릭터는 말을 하지만, 유사 게임의 남성 캐릭터에게는 성우 녹음이 없었다.

나 자신도 양쪽 게임을 모두 플레이했지만, 그런 것은 전혀 깨닫지 못했기에 솔직히 뭐가 불만인지 알 수 없었다. 이런 게임은 압도적으로 남성이 많이 플레이한다. 게임의 목적은 목표로 삼은 소녀와 사이좋게 지내는 것이다. 그렇다면 남성 친구가 말을 하든 하지 않든 아무래도 좋으며, 그런 부분에 음성 데이터를 사용할 정도라면 여성 캐릭터가 말하는 대사를 늘려야 한다고 생각했다.

하지만 '왜 남자도 말하지 않으면 안 되는 것일까?'라는 소박한 의문은 어딘가에 계속 남아 있었고, '두근두근 메모리얼'은 시리즈로 만들어지며 게임 역사에 남았지만 대다수의 유사 게임은 1탄만 나오고 사라져 갔다.

그리고 그 의문은 오랜 시간이 지나 완전히 관계없는 이야기를 들었을 때 갑자기 풀리게 되었다.

구로사와 사단에게 있어서 '당연한 것'이란?

구로사와 사단에서 일했다는 사람의 이야기를 들은 적이 있다. 당시 이미 꽤 나이가 있던 그 사람은 베테랑이었고, 구로사와 아키라와 오랜 시간을 함께 일했다고 했다.

구로사와 아키라에 대한 다양한 전설에 대한 진위를 들을 수 있어서 재미있는 시간을 보냈는데, 그 가운데 강렬하게 인상에 남은 에피소드가 둘 있었다.

하나는 '쓸모없음'에 관한 이야기였다.

한 영화를 촬영하던 중, 구로사와 감독은 높은 장소에서 부감 영상을 찍고 싶다고 희망했다. 하지만 공교롭게도 주변에 그럴 만한 장소는 없었다. 그리고 애초에 시나리오상 그런 예정은 없었다. 그럼에도 어떻게든 촬영을 하고 싶다고 하기에 스태프는 목재를 조달하여 높은 망루를 세워 크레인처럼 만든 후, 감독과 카메라가 올라갈 수 있도록 했다고 한다.

평소라면 "그거 참 힘들었겠네요"라는 감상 정도로 끝날 에피소드일지도 모르지만, 구로사와 아키라의 전설은 그렇게 간단한 것이 아니었다.

망루 위에 올라 부감한 광경을 본 감독은 아래로 내려와서는 생각하던 것과 다르니까 이제 이 망루는 필요 없다고 말했다.

자신도 포함하여 그 자리에 있던 사람은 모두 예상 밖의 전개에 잠시 말을 잃었다고 한다.

"모처럼 만들었는데 전혀 쓰지 않고 부수게 되었으니 다들 화를 내지 않았나요?"

이렇게 묻자 그 사람은 말도 안 된다며 고개를 좌우로 젓더니, "위에 올라가서 실제로 본 결과, 감독은 그 광경을 쓸 수 없다고 판단했어요. 쓸 수 없다는 사실을 알았다는 점에 의미가 있으니까 망루를 만든 것은 결코 쓸모없지 않죠. 오히려 크게 도움이 되었어요"라고 아무렇지도 않게 말했다.

그리고 또 하나 〈붉은 수염〉이라는 작품을 촬영했을 때의 에피소드다.

이 작품은 야마모토 슈고로의《붉은 수염 진료담》이 원작으로, 에도 시대의 한 병원을 무대로 '붉은 수염'이라고 불리던 늙은 의사가 주인공인 이야기다.

당연히 병원 세트를 만들었고, 그곳이 주 촬영지가 되었다.

때는 에도 시대, 시나리오상 병원은 낡은 건물이기에 그에 어울리는 외관이 될 수 있도록 가공했다. 새로운 나무로 지은 세트를 오염시켜서 오래된 건물로 보이게 했다.

그 부분까지는 알 수 있다. 영화를 보는 사람이 그 세계에 빠져들 수 있도록 시대와 세월이 느껴지는 외관을 만드는 것이다.

하지만 여기부터가 또 구로사와 사단의 대단한 점으로, 병원 안에 있는 선반의 서랍 안에도 오래되어 보이게 가공한 약병을 늘어놓았다고 한다.

물론 스크린 너머로는 거기까지 보이지 않으며, 서랍을 여는 장면도 없다. 결과적으로 사용하지 않게 된 것이 아니라, 애초에 그런 장면은 예정되어 있지 않았다고 한다.

그럼에도 왜 구로사와 사단의 스태프는 화면에 비칠 일도 없는 서랍 안까지 가공하고 약병을 넣어두었을까. 그것도 이들은 감독의 지시에 따라 그렇게 한 것이 아니라 자주적으로 한 것이라고 한다.

"왜 그렇게까지 한 건가요?"

내 질문에 그는 짐짓 당연하다는 듯이 "촬영 사이의 휴식 시간에 감독이 세트 안을 돌아다니다 별 뜻 없이 서랍을 열어 볼지 모르니까요. 그때 서랍 안이 텅 비었고 흰색 나무인 채라면, 그때 감독의 의식은 현실로 끌려 돌아오고 맙니다. 감독이 계속해서 〈붉은 수염〉의 세계에 있을 수 있도록 만전을 기해야죠. 그것이 스태프의 일이니까요"라고 설명해 주었다.

오래전 시대에 관한 이야기인 데다 다소의 과장도 섞여 있을지 모르지만, 이야기 그 자체는 둘째 치고 그것을 아무것도 아닌 일처럼 담담히 이야기하는 그 모습에 감동했다. 아니, 감동을 뛰어넘어 구로사와 사단의 프로 의식이 무서워졌다.

그와 동시에 깨닫게 되었다. 세계에 빠져들어 있을수록 아주 사소한 틈에 의해 그 세계는 간단히 붕괴하고 만다는 사실을.

개미구멍이 큰 둑을 무너뜨린다

이야기를 처음으로 되돌려보자.

서랍 에피소드를 통해 바로 유추했다면 고마운 일이지만, 남성의 목소리만이 없는 세계라는 것은 다른 소녀가 전부 말을 하는 것과 맞물려서 게임 세계에 위화감으로 존재하게 된다.

다른 캐릭터가 모두 말하는 가운데 한 명만이 말하지 않는 순간이 있다면 플레이어는 거기에서 문득 제정신이 들고, 이것은 게임이라는 현실을 직시하게 된다.

치밀하게 만든 세계일수록 사소한 흐트러짐이 더더욱 눈에 띈다.

소설도 마찬가지다. '적혀 있지 않은 것을 읽을 수는 없지만' 적혀 있지 않은 것이 단순히 적혀 있지 않은 것인지, 아니면 아예 정해져 있지 않은 것인지는 독자에게 전해지게 된다.

〈붉은 수염〉 에피소드의 감독을 독자, 스태프를 작가라고 바꿔 보면 좋다. 독자가 별 뜻 없이 페이지를 넘기는 손을 멈추고, '이거, 자세히는 적혀 있지 않지만, 어떻게 되어 있는 것일까'라고 작품 세계의 배경을 떠올려 볼지도 모른다.

그때 확실한 설정이 있다면 다른 우회적인 묘사를 통해 유추할 수 있을지 모른다. 또한 전체에 걸친 행동이나 역할로 배경을 상상할 수도 있다.

애초부터 치밀하게 구축된 세계는 익숙하지 않은 표현이든 실제로는 없는 것이든 단순히 적혀 있지 않은 것뿐 제대로 설정이 잡혀 있기에 읽으면서 안심할 수 있다. 물론 쓰는 쪽도 자신감을 가지고 글을 쓸 수 있다.

반면, 손이 가는 대로 쓰거나 애매한 채로 남겨두고 세세한 부분을 정하지 않았다면, 쓸 때의 불안감이나 부족함이 이 세계에 미묘한 균열을 낳는다. 그렇게 되면 몰입감이 사라지며, 세계 그 자체, 이야기 그 자체에서 김이 새고 만다.

8장에서도 적은 것처럼 현실 세계를 무대로 한 작품은 그 배경 부분이 전제로서 공유됨으로써 '리얼리티'가 담보된다고 말해도 좋다.

그렇기에 조금이라도 현실에서 벗어난 내용이 적혔을 때, 그 요소가 작가 안에서 정리되지 않고 애매한 상태라면 바로 거기에서부터 일그러짐이 생기고 만다.

또한 망루 에피소드는 '쓸모없음의 효용'으로 좋은 사례다. 사용하지 않으니까 쓸모없는 것이 아니다. 도움이 되지 않는다는 점을 알았다면 그것은 의미 있는 행위다.

힘들게 쓴 내용을 잘라내기 망설여지는 것은 초보 작가들에게 흔한 일이다. 하지만 많은 프로 작가는 "쓰긴 썼지만 제대로 풀리지 않아서 버렸다"는 말을 쉽게 하며, 적게는 원고지 몇 매, 많게는 천 매 단위로 버리는 이도 있다.

그들은 그것이 쓸모없는 일이었다고는 결코 생각하지 않는다. '써보았기에 그것이 쓸모없다는 것을 알았다. 그래서 다행이다'는 식으로 생각한다.

세계를 구축할 때도 '사용하지 않는 설정을 생각하는 것은 쓸모없다'고 생각하지 말고 '쓰지는 않지만, 세계의 균열을 막기 위해 필요하다'고 생각해서 숨겨진 부분까지 설계해야 한다. 그것을 즐기며 할 수 있다면 더할 나위 없으리라.

'세상에 쓸모없는 것은 없다'는 식으로 말할 생각은 없지만, 생각을 간단히 바꾸는 것만으로도 쓸모없는 것은 유익하게 바뀐다. 실제로 '성공의 비결은 실패의 횟수를 늘리는 것'이라는 말도 있지 않은가.

◈ 12장 ◈

작가 데뷔를 향한 길

작가를 지망하는 사람들에게 자주 듣는 질문이 몇 가지 있는데,

그중 하나는 '소설을 쓰고 싶은데 준비해야 할 것이 있을까요?'라는 질문이다.

뭐든 읽고 많이 쓰자

특별한 것은 아무것도 없다. 그저 많이 읽고 많이 써보는 것, 그것만으로 충분하다.

쓰는 것만이 아니라 읽는 것도 무척 중요하다. 뛰어난 작품, 문장에서는 많은 것을 배울 수 있으며, '이런 것도 소재가 될 수 있구나!'라는 발견을 하기도 하고 '그렇다면 이것도 가능하지 않을까'라는 발상으로 이어질 수도 있다.

아와사카 쓰마오의 데뷔작 **〈DL2호기 사건〉**(《아 아이이치로의 낭패》 수록)은 부끄럽게도 처음 읽었을 때는 그 진면목을 발견하지 못했다. 그때까지 읽어온 미스터리와는 너무나도 결이 달랐기에 어떻게 즐기면 좋을지 파악할 수 없었기 때문이다. '어떻게 이런 게 미스터리가 될 수 있지?' 하고 생각했다.

다만 한번 즐기는 법을 알게 되면 다른 곳에서는 절대로 읽을 수 없는 독특한 맛이 있어 빠져들게 된다. 이 **아 아이이치로 시리즈**는 '역설'이 읽을거리가 될 때가 많다. 생각도 못했던 뒤집힌 논리가 재미있는 것은 물론이지만, '이래도 몰라?' 하며 잔뜩 깔린 복선과 해결로 이끌기 위한 보조선의 정교함이야말로 그 참모습이 아닐까.

아와사카 쓰마오가 이 시리즈를 썼을 때 의식했다고 여겨지는 G. K. 체스터튼의 **브라운 신부 시리즈**는 '역설'의 원조라고도 평해진다. 그저 역설에 시선을 빼앗기기 쉽지만, **〈보이지 않는 사람〉**(《브라운 신부의 순진》 수록), **〈예언하는 개〉**, **〈날개 달린 단검〉**(《브라운 신부의 불신》 수록) 등 우리 주변에서 일어나는 일만으로 이렇게나 화려한 트릭을 만들 수 있다는 사실을 보여주는 견본이기도 하다.

재미없는 작품을 만났다고 해도, 부족함이 느껴졌을 때 떠오른 '이렇게 하면 더욱 재미있었을 텐데'가 창작의 실마리가 될지도 모른다. 리들 스토리를 언급할 때 소개한 〈미녀와 호랑이〉의 잭 모핏은 기존에 발표된 다른 작가의 작품을 갖고 독자적으로 그 속편을 생각하며 스토리 짜기의 훈련으로 삼았다고 한다.

미스터리를 쓰는 데 있어서 독서는 정말로 중요하다. 독서량이 충분치 않으면 자신이 떠올린 소재에 전례가 있다는 사실조차 깨달을 수 없다. 아무리 대단한 소재라도 선례가 있으면 '표절'이라는 말을 듣게 되고 '그것도 몰랐어?'라는 냉소 섞인 핀잔을 받게 된다.

스스로 떠올렸는데 억울하다고 느낄지도 모르지만, 그것은 '지적재산권'과 같다고 생각했으면 한다. 소재에 관해서는 선구자 특권이 있다. 처음에 사용한 사람이 가장 위대하며 그 영광은 사라지지 않는다.

물론 '지금까지 아무도 사용하지 않은 소재'는 그렇게 많지 않다. 따라서 그것을 변형하여 사용하면 된다. 또한 그 소재가 이야기의 주안점이 아니라면 그렇게까지 신경 쓸 필요는 없지만, 그럼에도 아무것도 몰라서는 변형이 되었는지조차 판단할 수 없다.

부끄러운 일을 겪지 않기 위해서도, 그리고 누가 자신의 경쟁자인지 알기 위해서도 신간과 구간을 불문하고 많은 작품을 읽는 것이 가장 좋다. 적의 동정을 살피는 행위라고 생각해도 좋다. 인기 있는 작품, 잘 팔리는 작품을 찾아 읽는 것은 '미래에 누구와 싸워야 하는가'를 알게 되는 좋은 기회가 된다.

미스터리와 비교적 가까운 장르인 SF나 호러뿐만 아니라,

순문학에서 논픽션까지, 무엇이 어디에서 어떤 식으로 도움이 될지 알 수 없다.

미스터리 연구회에 본격 미스터리 광팬인 선배가 있었는데, 자주 이야기를 나누다 보니 그는 미스터리뿐만 아니라 온갖 장르에 정통하다는 것을 알 수 있었다. 그 사람은 어떤 작품에 관해 이야기하더라도 '이렇게 하면 더욱 재미있어졌을 텐데'라는 다양한 아이디어를 가지고 있었고, 그와 이야기를 나누면 대수롭지 않은 대화 속에서도 '이렇게 생각할 수도 있구나'라는 깨달음을 잔뜩 얻을 수 있었다. 지금도 무언가 재미있거나 재미없는 작품을 만나면 '그 선배라면 뭐라고 말할까'라고 감상을 묻고 싶어진다.

반면, 치우친 독서밖에 하지 않는 사람은 몇 번인가 이야기를 나누다 보면 앞으로 그가 무엇을 말할지 상상할 수 있다. 그렇게 되면 굳이 의견을 물어보고 싶다는 생각이 들지 않는다.

이것을 자신의 머릿속으로 바꿔 보자. 치우친 지식과 독서만 거치다 보면 자신의 머릿속에서 혼자 브레인스토밍을 해본다고 해도 뻔한 결론밖에 생겨나지 않는다. 머릿속에 여러 채널이 있어야만 브레인스토밍이 의미를 갖추게 된다.

모든 것이 소재가 된다

굳이 하나를 더 꼽자면 사회 경험을 해두는 것일까. 집필에 전념하기 위해 일을 하지 않고 방에 틀어박혀 있는 사람도 가끔 있지만, 적어도 일주일에 며칠 정도라도 아르바이트를 하는 등 바깥으로 나서기를 강력하게 추천한다. 그 이유 중 하나는 수입 확보를 위해서다.

신인상 수상자가 처음에 편집자에게 듣게 되는 대사 중 하나로는 "일 그만두지 마세요"가 자주 꼽히는데, 이것은 단순한 소문이 아니라 사실이다. 실제로 나도 몇 번이고 이 대사를 입에 담았다.

안타깝게도 지금 시대는 신인 작가가 글 하나로 먹고살 수 있을 정도로 책이 팔리지 않는다. 모처럼 프로가 되었다고 해도 눈앞의 원고료에 눈이 멀어 조잡한 문장을 쓰게 된다면 이도저도 아니게 된다. 밖에서 다른 일을 한다면 글 자체는 많은 양을 쓰지 못할지 모르지만, 안정된 수입이 있어야만 안정된 창작을 할 수 있다는 측면도 있다.

무엇보다 어떤 직장이건 소재의 보고다. 이것을 놓칠 수는 없다. '직장 소설용 소재'라는 의미에서가 아니라, 직장에 있는 이런저런 사람, 자신의 실패, 주변의 경험, 소문, 기쁜 일, 슬픈 일, 불합리한 일 등, 인물 모델을 구축하기에 부족함이 없으며, 보고 들은 이야기는 조금만 각색하면 매력적인 에피소드가 될 것이다.

독자 대부분은 그런 일상을 보내는 사람들이라는 점을 잊어서는 안 된다. 독자의 생활이나 마음을 안다는 것은 플러스는 되어도 마이너스는 되지 않는다.

특수 업종을 무대로 한 소설을 준비하기 위해 취재를 나선 작가와 동행한 적이 있다. 자세한 업계 이야기를 듣고 무척이나 공부가 되었다. 그런데 돌아오는 전철 안에서 그 작가는 "일이나 업계에 대해서는 그럴 마음만 먹으면 책이나 인터넷에서 얼마든지 조사할 수 있어요. 가장 참고가 되는 것은 과연 어떤 사람이 그런 일을 하는지에 관한 인물상이에요"라고 말했다. 그것이야말로 '취재'를 하지 않으면 알 수 없는 일이라고 말이다.

돈도 벌고 소재도 구할 수 있다. 그야말로 일석이조. 사회 경험은 무척이나 유익하다. 바로 도움이 되지 않더라도 긴 안목으로 보면 분명 창작의 양식이 된다.

어찌 됐든 끝까지 써낸다

그리고 또 하나 자주 듣는 질문으로 “데뷔하기 위해 가장 중요한 것은 무엇인가요?”라는 것이 있다.

이것은 물론 ‘재미있는 작품을 쓰는 것’이 정답이겠지만, 그런 것은 너무 당연하므로 그 바로 앞 단계에 대해 생각해 보고자 한다. 꾸준히 글을 써서 열심히 투고를 하고 있는 사람은 건너뛰어도 좋다.

여러 작가가 같은 질문을 받은 장면을 본 적이 있다. 이구동성으로 답한 것이 “일단 하나의 작품을 끝까지 써내는 것”이었다. 나 또한 그렇다고 생각하며, 그 말이 정답이다.

장편이든 단편이든 하나의 이야기를 마지막 한 문장까지 전부 써내기란 결코 쉽지 않다. 이런저런 이유로 중간에 펜이 멈출 때도 있으며, '어떤 기준으로 끝이 났다고 할 수 있는지'에 대한 판단은 사실 꽤 어렵다.

머릿속에 아이디어가 흘러넘쳐 막상 쓰기 시작한 것은 좋지만, 글을 쓰려면 어찌 됐든 일정 이상의 시간이 필요하다. 일을 하면서, 학교에 다니면서, 매일 비는 시간을 조금씩 축적해서 집필에 할애하는 것은 이만저만한 근성으로 가능한 일이 아니다.

그리고 쓰는 도중에 '생각한 것처럼 이야기가 진행되지 않을 때'나 '생각한 것처럼 잘 써지지 않을 때'는 반드시 찾아온다.

그럼에도 일단 좌절하지 말고 마지막까지 써낸다. 그것이 시작 단계에서는 무엇보다 중요하다.

또한 재미있는 이야기를 떠올리고는 흥분한 채로 주변에 이야기하고 나면, 이야기를 한 것이 '글을 썼다'는 유사 체험과 이어져서 그것으로 만족해 버리기도 한다. 프로 작가 중에서도 이런 일을 경계하는 사람이 있다. "이야기를 하면 쓴 것 같은 기분이 들어서 창작 의욕이 떨어지고 말아. 어찌 됐건 다 써볼 테니까, 다 쓰면 읽어줘"라는 스타일로 집필하는 사람도 있다.

400자 원고지 환산 400매 정도의 장편을 쓰고자 생각했다면, 매일 열 장을 쓴다고 해도 40일이 걸린다. 다른 일을 전혀 하지 않는다고 하더라도 하루에 열 장씩 꾸준히 쓰기란 쉬운 일이 아니다.

습관화되어 꾸준히 계속할 수 있다면 문제없지만, 그렇지 않은 사람은 일단 단편을 완성해 보는 것이 좋다. 길든 짧든 하나의 이야기를 끝낸다는 점에서는 마찬가지다. 짧더라도 자신이 생각한 것처럼 글을 완성한 경험은 큰 자신감이 되어줄 것이다.

단편을 길게 늘인 것이 장편인 것은 아니다. 하지만 한번 골인한 경험이 있다면 나머지는 조금씩 거리를 늘려나간다는 생각으로 장편에도 도전하기 쉬워질 것이다.

미스터리는 '시작과 끝'을 정하기 쉬운 장르

이야기에는 시작과 끝이 필요하며, 어떻게 시작해서 어떻게 끝내는지도 어려운 문제다. 쓰는 이가 '이것으로 끝'이라고 정하면 그곳이 끝이고, 계속해서 고민한다면 영원히 '끝'이라는 글자를 쓸 수 없다.

미스터리 신인상에서는 그렇게 많지는 않지만, 응모 원고 중 꽤 많은 수로 '아침에 일어나서 밤에 잘 때까지'를 다룬 이야기가 있다. 그것은 분명 시작점과 종료점이 알기 쉽기 때문일 것이다. 하지만 일기가 아니라 소설이므로 역시 이야기의 구동력으로서의 시작점이 필요하다. 바로 서두에 아름다운 수수께끼를 적는 것이다.

그리고 미스터리는 아마도 '가장 시작과 끝을 만들기 쉬운 장르'일 것이다.

사건이나 수수께끼의 발생이 이야기의 발단이 되며, 사건 해결로 끝이 난다. 이렇게 알기 쉬운 것은 없으며, 이런 면에 대해 불만을 드러내는 사람도 없다.

연애나 인생을 그린 작품은 어딘가의 국면에서 일단락을 지어야만 하지만, 죽음으로 끝나지 않는 이상 등장인물의 인생은 그 후에도 계속된다. 가령 주인공이 죽더라도 주변 사람은 남는다. 심술궂은 관점으로 말하자면 '조금 더 읽고 싶었다'거나 '너무 많이 썼다'는 등의 말을 얼마든지 할 수 있다.

그런 면에서 미스터리는 세세한 부분은 어찌 됐든 크게 볼 때 '끝내는 방식'에 대해 고민할 필요가 없다.

마지막으로는 일단 쓸 수 있는 만큼 써서 마구 투고해야 한다. 응모하지 않으면 수상할 수 없다.

다만 애착이 있다는 것은 알지만 한번 탈락한 원고를 조금 손본 후 다른 상에 응모하는 것은 추천하지 않는다. 신인상 운영 위원회는 다른 신인상의 예선 통과 정보도 체크하고 있기에 비슷한 제목이나 같은 필명은 바로 알 수 있다.

엄밀하게 말하면 이중 투고는 아니지만, '이것 말고는 소재가 없는 것일까'라고 생각하게 될 테고, 무엇보다 새로운 작품을 쓸 수 없다면 데뷔하더라도 곧장 막다른 길과 맞닥뜨리게 될 것이다.

편집자 수행도 마찬가지

마찬가지로 "편집자가 되려면 어떻게 해야 하나요?"라는 질문을 받을 때도 있다.

답은 지금껏 적은 것과 마찬가지로 '읽고 쓰는 것은 종이 한 장 차이'다. 많이 읽어야 하며, 그저 읽기만 하는 것이 아니라 어째서 재미있거나 재미있지 않은지 스스로 생각하는 습관을 붙여야 한다. 자신이라면 어떤 식으로 고쳐 쓰라고 제안할지 떠올려 보는 부분까지 나아간다면 가장 좋다.

편집자는 읽기만 하면 되고 문장을 쓸 필요는 없다고 생각하는 사람이 있지만, 전혀 그렇지 않다. 편집자가 써야만 하는 문장은 매우 많다. 책의 줄거리, 띠지 카피, 광고 카피뿐만 아니라, 취재를 통해 들은 이야기나 인터뷰, 대담을 정리하는 것도 편집자의 일이다.

메일로 원고에 대해 토론하는 일도 많으므로 자신의 감상이나 제안을 작가에게 확실하게 전달할 수 있는 문장력이 필요하다.

글쓰기를 어려워하면 나중에 반드시 고생하게 된다. 문장을 쓰는 일이 고통이 되지 않는 정도로는 익숙해지는 편이 좋다.

그리고 '편집자에게 있어 쓸모없는 일은 아무것도 없다'고 생각하고 관심이 가는 대로 뭐든 경험해 보아야 한다. 특이한 경험이나 지식은 잡담 소재로서 귀중한 재산이며, 다들 재미있어한다.

나는 학창 시절, 영화계에서 '비를 내리거나 바람이 불게 하는 아르바이트'를 한 적이 있다. 이때의 고생담(비를 내릴 때는 세트의 지붕 위에서 샤워 노즐을 잡고 대기하는데, 발밑도 미끄러운 데다가 촬영 상황은 잘 보이지 않아서 지루하고 무서워서 혼이 났다)이나 영화계 뒷이야기 등은 그로부터 몇십 년이 지나도 지금껏 대화의 주제로 애용 중이다.

작가의 관심이나 취향은 모두 다르기에 폭넓은 지식과 화제를 갖추고 있다면 어떤 화제에도 대응할 수 있다. 의외의 부분에서 취미가 맞아서 분위기가 달뜨고, 그것이 일로 이어지기도 한다.

지식과 경험 모두 목표로 삼아야 할 것은 '얕고 넓게, 자신의 전문 분야는 깊게'의 'T자형'이다. 그것이 점차 '만능형'으로까지 확장된다면 더할 나위 없다.

◈ 13장 ◈

미스터리 신인상,
집필 및 투고와
선정에 관한 고찰

드디어 이 책도 끝이 다가오게 되었다.

마지막은 신인상 운영 위원회 소속으로 오래도록 일한 경험을 통해

편집자는 어떤 식으로 원고를 읽는지,

그리고 세간에 넘치는 오해에 관해 정리해 보기로 하겠다.

원고에 '정답'은 없다

미스터리 신인상에 국한하지 않고 신초사가 주관하는 신인상은 최종 후보에 남으면 그 시점에서 담당자가 따라붙는 경우가 많다. 최종 후보에 남았다는 사실을 알리는 것은 대개 예선 심사에서 그 작품을 가장 강력하게 추천한 편집자다. 수상할 경우 그대로 단행본 담당자가 되며, 안타깝게 수상을 놓치더라도 가능하다면 한번 만나서 이런저런 상담을 하거나 "내년에도 또 원고를 응모해 주세요"라는 이야기를 하기도 한다.

그런 식으로 데뷔 전인 사람을 많이 만나 왔는데, 거기서 놀란 것은 원고에 '정답이 있다'고 생각하는 사람이 예상외로 많다는 점이다.

다음 작품에 참고해 주었으면 하는 마음에 운영 위원회나 심사 모임에서 나온 평가를 전한다. 문장에 대한 평이 좋았다고 이야기하면 "그럼, 문체는 지금대로 쓰면 괜찮겠네요?"라고 되묻거나, 지적받은 문제점에 대해 "그 부분을 고치면 출간할 수 있나요?"라고 되묻기도 한다.

하지만 모든 작품에 적용 가능한 적절한 문체란 없으며, 지적받은 부분을 수정해도 작품이 극적으로 바뀌지는 않는다. 그것만으로 출간이 가능했다면 수정을 전제로 수상할 수 있었을 것이다.

분명 신인상에는 '수상'이라는 '당락'이 있으며, 그것을 '합격/불합격'과 비슷하게 느낄지도 모른다. 하지만 창작은 제한된 범위 내에서의 완성도를 묻는 것이 아니라, 뭐든 가능한 세계에서 독창성을 다투는 것이다. 미리 칸이 그려져 있는 밑그림에 색을 깔끔하게 채워 넣는 것과 자유롭게 그림을 그리는 것의 차이와도 같다.

'당연한 말 아니야?'라고 생각한다면 다행이지만, 신인상 응모와 낙선을 반복하는 과정에서 점점 자신감을 잃게 되고 '어떻게 하면 수상할 수 있을까?'가 가장 중요한 과제가 되어버릴 때도 있다.

신인상에 '경향과 대책'은 없다

그럴 때 빠지기 쉬운 함정이 있다. 바로 있지도 않은 '경향과 대책'에 치우치는 일이다.

과거의 수상작을 읽고 심사위원의 선정평을 보고는 자신 나름대로 경향을 생각하여 대책을 세워 집필한다. 물론 세간에서 어떤 작품이 유행하는지도 고려한다.

심사 일을 하다 보면 때때로 비슷한 테마나 분위기의 작품이 잔뜩 모일 때가 있다. 얼마 전에 세간에서 유행한 유형의 작품이다. 그런데 이 '얼마 전'이라는 것이 바로 문제다.

최신 유행을 반영하고자 자료를 모은다. 때에 따라서는 취재를 거쳐 집필한다. 어떻게든 완성해서 응모하고 선정되기를 기다린다. 운이 좋게 수상해서 원고에 손을 거쳐 단행본이 된다. 이 기간은 아무리 빨라도 2년에서 3년이다. 책이

나올 무렵에는 이미 붐이 끝나고 다음 유행이 찾아온 상태다. 이런 일이 발생할 수 있으며, 실제로 거의 대부분 그렇게 된다.

'수상 경향'처럼 보이는 것 또한 글을 쓰는 동안 다음 수상작이 나와서 확 바뀔지도 모르며, 심사위원 또한 계속 같은 사람이라고 단정할 수도 없다.

경향이나 유행을 좇는다고 해도 결국 후속 작품밖에 되지 못한다. 수고를 들인 것에 비해 성과가 적으므로 그런 것에 시간과 노력을 소비해서는 안 된다. 자신이 유행의 선구자가 되겠다는 마음가짐이 필요하다.

의외로 나름대로 잘 쓰는 사람일수록 그런 함정에 빠질 때가 많다. 다수의 신인상에서 꽤 높은 순위까지 올라가거나, 몇 번이고 최종 후보에 남았지만 좀처럼 수상에는 이르지 못한다. 그러면 '어째서 수상하지 못하는 것일까'라는 초조함이 '무언가 부족한 것이 있는 것일까'라거나 '자신은 알지 못하는 비결과도 같은 것이 있을까'라는 불안으로 이어져서 정답을 찾아 나서게 만드는 것이리라.

하지만 신인상에 가장 필요한 것은 다소 거칠어도 좋으니 '잘도 이런 걸 생각해 냈네'라는 생각이 들게 만드는 독창성과 '이런 작품을 쓰는 사람은 향후 엄청난 소설을 쓸 수 있지 않을까'라는 정체를 알 수 없는 느낌을 줄 정도의 강렬함이다.

최종 후보에 남은 작품 중에는 그대로 출판해도 손색없을 정도의 완성도를 갖춘 작품, 프로 작가가 쓴 작품을 방불케 하는 작품 등 도저히 아마추어라고는 생각되지 않는 것도 있다.

하지만 '○○ 작가와 비슷한 작품'이라면 그 장본인이 더욱 뛰어나다는 점은 분명하다. 독자 또한 비슷한 작가보다는 원래의 오리지널 작가를 선택한다.

'○○의 후예'보다는 어설퍼도 좋으니 원조가 되지 않으면 소설가라는 직업을 길게 이어가기 어려울 것이다.

왜 소설을 쓰는가?

"소설가가 되려면 어떻게 하면 좋은가요?"라는 상담을 받을 때도 있다. 그럴 때 나는 반드시 "단순히 소설이 쓰고 싶으신 건가요? 아니면 소설가라는 명함이 필요한가요?"라고 확인한다.

소설을 쓰고 싶다는 순수한 욕구만 있다면 딱히 데뷔할 필요는 없다. 모처럼 쓰는 것이니 많은 사람이 읽었으면 한다는 마음이 드는 것은 당연하다. 하지만 쓰고 싶은 소설을 쓰면 될 뿐이라면 동인지 활동을 하는 방법도 있고, 최근에는 인터넷을 통해 작품을 발표하는 수단 등 길은 얼마든지 있다. 데뷔는 그리 중요하지 않다.

하지만 소설가가 되고 싶다면 이야기가 달라진다. 혼자서 열심히 소설을 쓰는 것만으로는 영원히 '자칭 소설가'에서 벗어날 수 없다. 자신의 책이 서점에 깔리고 나서야 처음으로 세간에서 '소설가'라고 인지하게 된다. 그리고 현 상황에서 책을 내기에는 신인상을 타는 것이 가장 빠른 길이다.

처음에는 순수하게 쓰고 싶은 것을 써서 완성한 작품을 투고했을 것이다. 그런데 낙선을 반복하는 가운데 어느샌가 '내가 쓰고 싶은 소설'보다는 '수상할 것 같은 작품'을 목표로 삼게 되지는 않았는가?

애초에 무언가 쓰고 싶은 이야기, 호소하고 싶은 이야기가 있었기에 소설가를 지망했을 것이다. 그렇다면 자신이 쓰고 싶은 것을 마음껏 써야만 한다. 그렇지 않으면 쓰는 의미가 없어지고, 글을 쓰더라도 즐겁지 않을 것이다.

만약 정말로 신인상 수상에 '경향과 대책'이 있고, 그것에 따라 쓴 작품이 그럭저럭 팔렸다고 해서 진심으로 기뻐할 수 있을까.

반면 정말 쓰고 싶은 주제와 소재로 모든 힘을 쏟아 쓴 작품이 떨어진다고 해도 안타까움과 분함은 있겠지만 '이걸로 안 된다면 어쩔 수 없지'라고 생각하게 된다.

프로 작가가 되면 그런 것을 말할 틈이 없이 '일'로서 집필해야만 하는 경우도 생기게 된다. 프로 작가는 뭐든 자기 마음대로 쓸 수 있다고 생각할 수 있지만, 매체의 요청이나 매

수 제한 등에 걸리는 등 결코 그렇지 않다.

하지만 데뷔 전에는 그런 것을 생각하지 않아도 되는 유일한 시기다. 자신의 모든 것을 쏟아낸다는 마음으로 쓰면, 그렇게 쏟아 부은 것은 자연스레 흘러나오게 된다.

응모 원고에서 '완성도가 높다고는 빈말로도 하기 어렵지만 어찌 됐건 이 작품을 쓰고 싶다는 기분은 생생하게 전해진다'라는, 달리 설명할 도리가 없는 박력을 가진 작품을 만나는 일도 분명 있으며, 그것은 마음에 깊은 인상을 남긴다. 최종 후보에 남지 못했다고 해도 '이 사람을 만나보고 싶다'라는 마음에 연락을 해서 "이번에는 안타깝게 떨어졌지만 다시 응모해 주세요", "원고가 완성되면 보내주세요. 꼭 읽어볼게요"라는 이야기를 할 때도 있다. 실제로 그렇게 데뷔 전에 대화를 나누었던 사람이 후에 실제로 신인상을 수상하기도 했다.

혹시나 하는 마음에 적어두지만 '신초 미스터리 대상'의 경우, 가령 사전에 대화를 나눈 사람의 원고라 하더라도 우선권 같은 것은 없다. 공평하게 1차 선정부터 시작하므로 안심해도 좋다.

반드시 제삼자의 시선을 담는다

자신이 쓰고 싶은 것을 마음껏 쓰라고는 적었지만, 그렇다고 해서 제멋대로 써서는 안 된다. 자신을 위해서 쓰는 것이라면 몰라도 한 명이라도 독자를 상정한다면 읽는 이에게 제대로 전해지도록 써야만 한다.

글로써 주장하고 싶은 것이 있다면 더욱 그렇다. 누구에게도 전해지지 않는 주장은 허무할 뿐이다. 원고 투고를 하는 작가 지망생에게 원고를 "누구에게도 보여주지 않았다"는 말을 자주 듣는다. 하지만 친구든 가족이든 자신이 아닌 제삼자에게 읽히는 것은 필수 조건이다.

아무리 뛰어난 작가라도 처음부터 완벽한 원고를 쓸 수는 없다. 어떤 부분이 이해하기 어려운지, 자신의 글에 모순은 없는지 스스로는 좀처럼 깨닫기 어려운 법이다.

신랄한 비평을 들을 때도 있고 너무 뻔한 평밖에 듣지 못하기도 하리라. 전혀 내용을 이해해 주지 않아 분통이 터질 때도 있을 것이다. 하지만 그것은 뒤집어 말하면 제대로 전해지도록 쓰지 못한 자신의 역량 부족 때문이기도 하다.

그것을 진지하게 받아들이지 못한다면 진보할 수 없고, 단 한 명의 독자조차 즐겁게 만들지 못해서는 불특정 다수의 독자에게 호소하기란 불가능하다.

물론 분명 양보할 수 없는 게 있을 테니 제삼자의 평가를 전부 반영할 필요는 없지만, 독자를 대표하는 의견으로 삼아 최소한이라도 듣는 귀만은 가져야만 한다.

타인에게 글을 읽히고 나서야 처음으로 '그런 부분도 전해지지 않는 건가'라거나 '전혀 다른 의미로 읽게 되는구나'라고 알게 된다. 누군가의 사소한 한마디를 계기로 새로운 발상이 부풀어 오를 때도 있다.

데뷔 이후에는 편집자가 그 역할을 담당하지만, 그 전까지는 주변 사람에게 의지할 수밖에 없다.

만약 지인이 독서를 좋아하지 않아도 상관없다. 오히려 그런 사람에게 읽히는 것이 좋다. 책을 좋아하는 사람은 좋은 의미이든 나쁜 의미이든 일반 독자의 대표는 될 수 없기 때문이다.

가장 중요한 것은 '퇴고하는 힘'

누군가에게 읽히고, 제대로 전해지도록 고쳐 쓴다. 그것을 반복하는 가운데 점점 자신 안에서도 객관적인 시선이 자리를 잡고 '이래서는 전해지지 않겠네'라거나 '오해를 불러올 수 있으니 자세하게 써둘까'라는 판단을 할 수 있게 된다.

한 작가가 신인상 선정에 관해 "정말로 보고 싶은 것은 퇴고하는 능력이지만, 아무리 그래도 거기까지는 볼 수 없어서 안타깝다"라고 말해서 인상 깊었다. 참고로 이 작가는 과거 데뷔작을 투고할 때, 완성하고 나서 바로 투고한 것이 아니라 그 후 1년을 퇴고 작업에 소비한 후에 신인상을 획득했다.

소설이 완성된 이후 전체를 다시 읽어보면 '이건 복선으로 써먹을 수 있겠네'라거나 '이건 좀 내용에서 붕 떠 있네'

싶은 에피소드가 보일 것이다. 새로운 각도에서 수정을 하게 되면 예상하지 못한 연쇄반응이 생겨날 때도 있다. 그것이야말로 퇴고의 참맛 중 하나이며, 글을 다시 살펴보지 않으면 결코 생겨나지 않는 산물이다.

퇴고의 기본은 잘라내는 것

그리고 이것이 가장 어려운 부분인데, 상대에게 제대로 전하고 싶다는 마음이 강할수록 어찌해도 너무 정성이 들어가고 만다.

신입 편집자 시절, 처음 상사에게 배운 것 중 하나가 '문장은 잘라내면 잘라낼수록 좋아진다'였다.

알고 있는 사실을 주절주절 설명해 주면 그저 귀찮을 뿐이다. 얼른 뒤의 스토리를 읽고 싶은데 지겹게 배경 묘사가 적혀 있으면 슬슬 짜증이 치밀기도 한다.

또한 동기에 관한 이야기와 중복되지만, 주장이 담긴 글에는 완전히 같은 생각을 하는 사람이 아니면 무언가 강요당한다는 기분을 느끼게 된다. '나는 그렇게 생각하지 않아'라고 생각한 순간, 독자의 마음은 작품에서 떠나게 된다.

그렇기에 너무 많이 쓰지 않는 것은 매우 중요한 포인트다. 퇴고 시에는 '잘라내기'를 적극적으로 의식해야 한다. 데뷔 전에는 특히 자신의 문장에 애착이 있고 모처럼 쓴 것이기에 잘라내기가 주저될 수 있지만, 그 애착을 떨쳐내고 자신의 문장을 객관적으로 본 다음 '이 부분은 필요 없어'라고 잘라내는 것이 퇴고의 첫걸음이다.

구체적으로는 '없어도 알 수 있는 것은 쓰지 않는다', '인물의 심리를 설명하지 않는다'는 점을 잊어서는 안 된다.

사람의 마음을 설명하는 것이 심리묘사가 아니다

심리묘사를 사람의 마음을 해설하는 것이라고 생각하는 사람이 있지만, 결코 그렇지 않다. 내면을 그대로 쓰는 것은 단순한 심정의 토로, 아니면 설명이다. 심리묘사란 그 사람이 특정한 심리 상태에서 바라보는 세계를 묘사하는 것이자, 대사나 행동으로 그 인물의 심리를 전달하는 것이다.

'연인이 죽어서 슬퍼하고 있다'고 적혀 있으면 그것뿐이다. 연인이 죽으면 슬퍼하는 것이 당연하다. 다만 연인의 죽음을 겪고 일부러 밝게 행동하거나 이상한 언행을 취하는 장면이 있다면 '저런 행동을 취하는 것을 보니 자포자기 상태에 빠진 거 같군'이라거나 '멀쩡한 척 행동하지만 분명 뒤에서 울고 있겠지'라는 등 그 인물이 상당히 힘든 상태라는 것은 쉽게 상상할 수 있다.

일인칭이라면 그때까지 신경 쓰지 않았던 것을 갑자기 신경 쓰기 시작한다거나 연인이 좋아했던 것이 갑자기 눈에 자꾸 들어오게끔 하는 등의 방법으로 마음의 움직임을 전하는 것이 심리묘사다.

인물의 내면을 독자의 상상력으로 보충한다. 그것이 감정이입으로 이어지며 독자의 마음을 움직이게 한다.

우리가 평범하게 생활할 때 눈에 비치는 모든 것에 평등하게 주의를 기울이지 않는다는 사실은 간단히 자각할 수 있으리라. 그렇게 감정을 과다하게 소모하는 행동을 하면 단번에 지치고 만다. 사람은 무의식중에 주변 정보를 취사선택하며 살아간다.

주변 세계를 동일한 수준으로 빼곡히 묘사한다면 그것은 인간의 눈을 통한 세계가 아니라 렌즈를 통한 세계가 된다. 같은 풍경을 옮긴 사진과 인상파 그림이 있다고 치자. 분명 동일한 소재이지만 보는 이는 전혀 다른 느낌을 받으리라.

다만 이런 것은 읽거나 듣는 것만으로는 머릿속으로 '이해'는 할 수 있어도 좀처럼 몸으로 '체득'할 수는 없다. 어떤 계기로 스스로 깨달을 수 있다면 그것이 가장 좋다. 그 후에는 이미 자신의 것이 되었다고 할 수 있다.

학창 시절에 소속해 있던 미스터리 연구회는 창작에 힘을 쏟는 동아리이기도 했다. 그랬기에 자작한 글에 대해 선배가, "이 그림에 관한 부분 말인데, '임팩트가 있었다'만으로는 안 돼. 대단하다거나 임팩트가 있다는 내용은 한마디도 쓰지 말고, 그저 어떤 그림이었는지 묘사해서 읽은 사람이 스스로 '대단한 그림'이라고 생각하게 해야 한다는 말이지"라고 들은 적이 있었다. 처음에는 바로 와 닿지 않았고 '왜 안 된다는 거지'라고 반발심도 느끼기도 했지만, 나중에 어느 책을 읽다가 '그런 것이었구나!'라고 깨달은 적이 있다.

대단한 그림을 표현하기 위해 그 그림이 '임팩트가 있었다'라고 적는 것은 '임팩트가 있는 그림'이라고 적힌 색종이를 액자에 넣어서 벽에 장식하는 것과 같다. '그런 거니까 알아서 잘 부탁해' 이상의 의미로 받아들여지지 않는다. 데이터를 나열하는 식의 복선과 마찬가지로 그다지 기억에 남지 않는다.

묘사를 통해 독자의 머릿속에 그림을 그려서 자발적으로 '대단하다'라고 생각하게 하고 나서야 처음으로 진짜 그림이 출현한다. 그리고 그렇게 이미지를 스스로 떠올린 것은 머릿속에 정착한다. 이것도 장면과 에피소드를 통한 복선과 동일하다.

이것은 인물 조형에서도 마찬가지다. 미인이든 불쾌한 인물이든 직접적으로 그렇게 적지 말고 묘사에 의해 그렇게 생각하게 만들어야 한다. 그렇지 않으면 얼굴에 크게 '미인'이라거나 '불쾌한 녀석'이라고 적혀 있는 인물이 작중을 헤매게 된다.

설명이 아닌 묘사를 해야 한다는 말이 바로 그런 뜻이다. 중요한 풍경이나 인물을 단순한 배경이나 장기말로 만들고 싶지는 않을 테니 말이다.

위에서 말한 어느 책이란 가라타니 고진의 **《일본 근대문학의 기원》**으로, 여기에 적은 것과 직접 관계된 내용이 나온 것은 아니지만 줄곧 신경 쓰이던 '묘사'와 '내면'에 관한 여러 가지를 알게 된 기분이 들었다. 아마도 그때까지 따로따로 읽거나 들었던 것이 이 책을 읽음으로써 깔끔하게 정리된 것이리라.

미스터리에 관해 바로 어떤 도움이 되는 것은 아니지만 '소설'에 관심이 있다면 기회가 무르익었을 때를 골라 꼭 읽어보기 바란다.

쓰면 쓸수록 능숙해진다

문장은 쓰면 쓸수록 능숙해지므로 그것을 걱정할 필요는 없다. 문장의 힘만으로 읽게 하고자 하는 경우라면 모르지만, 엔터테인먼트는 이야기의 재미가 큰 요소이며 그 재미를 전하기 위해서는 읽기 쉽고 알기 쉬운 문장이 요구된다. 신인상의 경우에는 '능숙한 문장'에 그렇게까지 집착하지 않아도 된다.

신인상 운영 위원회 차원의 이야기를 하자면, 무슨 말을 하는 것인지 완전히 알 수 없을 정도로 심한 경우가 아닌 이상 문장의 능숙함 여부는 평가를 좌우할 정도로 치명적인 포인트는 되지 않는다.

오히려 편집자는 '문장은 나중에 어떻게든 수정하면 된다'고 생각한다. 나아가 개인적 견해를 말하자면 사람에 따라 어떤 글을 보고 능숙한 문장이라고 받아들이는지는 제각각이며, 문장이 능숙해지려면 엄청난 수련이 요구된다. 반면 읽기 쉬운 문장은 누가 보아도 알기 쉬운 문장이라고 알 수 있으며 훈련에 따라 얼마든지 쓸 수 있게 된다.

좋은 문장을 잔뜩 읽고 계속해서 원고를 쓰면 자신도 모르는 사이에 문장은 좋아진다. 만화를 그리는 사이에 점점 그림이 능숙해져서 연재를 시작했을 때와 끝날 때 그야말로 다른 사람의 그림처럼 보이는 것은 만화계에서 자주 있는 이야기다. 문장도 마찬가지라고 생각해도 좋다.

다만 퇴고하지 않아도 좋다는 것은 아니므로 오해해서는 안 된다. 문장이 서투른 것과 퇴고하지 않은 것은 완전히 다른 차원의 이야기다. 오탈자가 대량으로 남아 있는 원고를 읽으면 퇴고 운운하기 이전에 '최소한 다시 한번 읽어 보지도 않은 건가' 하고 질려버리게 되고, 작품에 대한 사랑이 없다고까지 여겨지게 된다.

아니면 마감 직전까지 글을 쓴 것일까. 하지만 마지막까지 애써야 할 것은 집필이 아니라 퇴고다.

‘평범하게 재미있는’ 작품은 필요 없다

그렇다면 도대체 무엇에 힘을 쏟아야 할까? 답은 간단하다. 가장 중요한 것은 발상, 재미있고 기발한 아이디어다.

문장이 다소 조잡하거나 구성이 정돈되지 않았어도 ‘뭐지, 이건?’이라거나 ‘잘도 이런 거 떠올렸네’ 등 독특하고 기발한 아이디어에 편집자는 끌리게 된다. 미스터리에 국한하지 않고 신인상 운영 위원회가 바라는 것은 결국, “지금까지 읽어보지 않은 것을 읽고 싶어!”로 집약된다.

편집자는 소설을 읽는 것이 일이기에 세는 것도 귀찮을 정도로 많은 소설을 읽는다. 그리고 신인상 수상작을 굳이 읽으려는 독자는 책을 좋아하는 사람 중에서도 특히 새로운 것을 좋아하는 사람이자, 다음 재능을 가장 빠르게 발견하고 싶다는 마음이 강한 사람들이다.

그런 사람은 '평범하게 잘 쓰인' 작품에는 그다지 관심을 가지지 않는다. '잘 썼네'로 끝이다. 더 잘 쓰인 작품은 전부터 많이 있고, 이미 그런 작품을 읽어왔기 때문이다.

최종 후보에 남길 작품을 정하는 시간이 되면 한 달에 스무 편 정도의 후보작을 읽게 된다. 물론 통상적인 잡지나 책을 만드는 업무도 병행하니 아침부터 밤까지 무언가 읽고 있다는 말이 된다. 재미있는 것도 있는가 하면 그렇지 않은 것도 있다. 스무 작품이나 되면 마지막 작품을 읽을 무렵에는 처음에 읽은 작품의 인상은 어떻게 해도 흐려진다. 메모를 남기면서 읽고 그것을 보며 떠올리기는 하지만 인간의 기억력에는 한계가 있다.

그렇게 되면 평범하게 재미있기만 한 작품은 인상에 남기 어렵기에 손해를 본다. 전대미문의 내용일수록 '뭔가 엄청난 것을 읽었네'라는 강렬한 인상은 계속해서 남는다.

그리고 결과적으로 수상작이 되는 작품은 1차 심사 단계에서 알지 못하는 사이에 열중해서 읽게 되는 작품이다. 잠깐 빈 시간에 조금만 읽고자 생각했던 것이 깨닫고 보니 어느새 끝까지 읽게 되는 작품도 종종 있으며, 지금 하는 것이 1차 심사라는 것을 잊게 해준 작품을 쓰는 사람은 대부분 훗날 크게 이름을 떨친다.

무엇이 요구되는가?

작품의 소재나 아이디어는 모집하는 장르의 것이 아니면 안 된다. 미스터리라는 이름을 내건 신인상이라면 미스터리 요소로, 호러라면 호러, SF라면 SF 요소로 얼마만큼의 개성을 발휘하는지, 그것이 승부를 결정짓는다.

이런 당연한 것이 의외로 경시되고 있기에 굳이 적어둔다.

미스터리 신인상은 미스터리적인 요소를 가장 중시한다. 제아무리 소설로서 뛰어난 작품이라고 하더라도 미스터리가 아닌 것은 수상할 수 없다.

미스터리 신인상의 심사를 맡아 1차 심사를 통과한 작품을 읽고 있는데도 불구하고, 읽으면서 '이거 미스터리 맞아?'라는 의문을 품는 일은 한두 번이 아니다.

잘 짜인 본격 미스터리가 부족하다고 한탄하는 것이 아니다. 수수께끼가 있고 이야기가 이리저리 뒤집히며 해결했다고 생각했더니 반전이 있는 그런 미스터리 작품이 무척이나 적다는 말이다. 넓은 의미의 미스터리에서 '넓은 의미'의 범위를 최대한 넓혀서 생각하더라도 의문 부호가 떠오르는 작품이 꽤 많다.

정도의 차이는 있지만 어떤 신인상이든 비슷한 고민을 품고 있는 듯, 한 편집자가 "수수께끼를 달라고, 수수께끼를!"이라고 한탄하는 것을 들은 적이 있다.

'그럼 어떤 소설이 미스터리인가?'라는 의문에 관해서는 지금까지 잔뜩 이야기했다고 생각한다.

모든 길은 미스터리로 통한다

내가 근무하는 신초사에는 현재 '신초 미스터리 대상'이라는 미스터리 신인상이 있다. 거슬러 올라가면 '일본 추리 서스펜스 대상', '신초 미스터리 클럽상', '호러 서스펜스 대상' 같은 계통으로 이어지지만, '호러 서스펜스 대상'이 끝나고 나서 한동안 미스터리 장르의 신인상이 없었다. 장르를 불문하는 신인상은 있었지만 이른바 미스터리 응모작은 거의 없는 상태였다.

'신초 미스터리 클럽상' 시절부터 신인상을 담당해온 몸으로서 미스터리 신인상이 없는 것은 매우 쓸쓸한 일이었고, 그 부활을 염원해 왔다.

왜냐하면 미스터리는 모든 엔터테인먼트의 기본이라고 생각하기 때문이다.

분명 어떤 소설이건 크든 작든 '미스터리' 요소가 있다. 살인사건은 아니더라도 '그 사람은 왜 그런 말을 했을까'라거나 '그녀는 어째서 다른 사람이 아닌 그 남자를 좋아했는가' 등 이야기를 견인하는 힘은 '왜'나 '어째서'에 있는 경우가 많다. 그 답을 알고 싶다고 생각하는 마음이 페이지를 넘기게 하는 것이다.

또한 이야기를 고조시키려면 클라이맥스에 어떤 식으로든 카타르시스가 있는 편이 좋다. 따로따로라고 생각하던 에피소드가 서로 호응하여 하나로 조합되었을 때의 쾌감은 한결 더 크다. 놀라움이나 발견이 추가되면 감정이나 감동은 몇 겹이나 증폭한다.

이들 전부는 미스터리에 절대적으로 필요한 것이다. 이야기를 관통하는 커다랗고 명확한 수수께끼, 라스트에서의 복선 회수와 논리적인 해결. 미스터리를 완성하려면 마지막에 모든 이야기가 맞아떨어지게 하는 수준 높은 추상논리 구축 능력이 요구된다.

이 허들을 넘어설 수 있다면 엔터테인먼트에 필요한 에피소드의 호응이나 마지막에 복선을 회수하며 이야기를 깔끔하게 마무리 짓는 것은 그리 어렵지 않다. 반대로 당연한 것처럼 몸에 익혔을 것이다.

미스터리 신인상으로 데뷔하여 그 후 다른 장르를 쓰는 작가도 많은데, 장르가 바뀌어도 활약하는 사람이 많은 것은 바로 그 때문이다.

그러므로 자신은 모든 엔터테인먼트에 통하는 길을 달리는 중이라는 사실에 가슴을 편 채 두려워하지 말고 과감히 가지고 있는 모든 것을 원고에 던져야 한다.

그리고 자신 있는 작품이 완성되었다면 꼭 '신초 미스터리 대상'에 투고해 주기 바란다. 다음에는 수상작 선정 자리에서 만날 수 있기를 빈다.

끝으로

이상, 마지막까지 읽어주셔서 진심으로 감사드린다.

말할 필요도 없지만 적혀 있는 모든 것을 실천하면 신인상을 따낼 수 있다고 단언할 수는 없다. 반대로 지키지 않으면 수상할 수 없다는 말도 아니다.

여기에 적은 것은 편집자가 어떤 것을 신경 쓰는지에 대해서이자, 소설을 읽고 쓰는 데 있어서의 기본적인 이론이라고 내가 생각한 것들이다.

물론 소설에 규칙은 없으며 자유롭게 써도 되는 것은 분명하다. 다만 파격이 유효하게 기능하기 위해서는 기초를 제대로 쌓아야만 한다. 기초를 소홀히 한 채 어려운 것에만 도전하다가 무엇 하나 제대로 풀리지 않아서 처음으로 돌아가는 일은 공부뿐만 아니라 무언가를 몸에 익히려고 했을 때 누구나가 다소는 경험한 적이 있을 것이다.

그 기초에 관해 작가 측에서 쓴 글은 여럿 있지만, '읽는 측', 즉 편집자 측에서 쓴 것은 지금까지 그다지 많지 않았다. 잘난 체하듯 이런 글을 쓰는 것은 주제넘은 일이라는 저항도 있었지만, 내 기억에만 담아두기에는 아깝다는 이야기가 많았기에 그 일부를 소개할 좋은 기회라고 생각하기로 했다.

본서에서 소개한 것 말고도 재미있는 미스터리는 매우 많다. 장의 구성이나 항목에 끼워 맞추기 어려운 작품은 소개하지 못했고, 서술 트릭의 대표 격으로 소개하는 것 자체가 스포일러와 종이 한 장 차이인 작품도 안타깝지만 언급할 수 없었다.

조금 더 알고 싶은 사람은 《동서 미스터리 베스트 100東西ミステリーベスト100》(분게이슌주사 편저) 등을 참고로 신경 쓰이는 작품부터 많이 읽어보기를 추천한다. 나도 학창 시절, 이 가이드의 옛 판본을 들고 아직 읽지 않은 작품을 하나씩 찾아 읽어본 적이 있다. "이 가이드에 실려 있는 책을 전부 읽으면 무언가 다른 사람이 될 것만 같아요"라고 말한 미스터리 연구회의 후배도 있었는데, 당시에는 정말로 그렇게 생각했다.

소개한 책은 확인을 위해 짧은 것이든 긴 것이든 가능한

한 다시 읽어 보았다. 그중에는 내용을 완전히 잘못 기억하고 있어서 식은땀을 흘린 것도 있다.

재독이라고는 하지만 꽤 많은 양이어서 힘들었지만 읽는 도중에는 이들 책을 처음으로 만났을 때의 '세상에 이런 재미있는 작품이 있었구나!'라는 감각이 되살아나서 행복한 순간이었다.

이 책이 그런 만남을 하는 데 있어서 하나의 도움이 되거나, 쓰는 측이든 읽는 측이든 단 하나여도 좋으니 무언가를 발견하게 되는 계기를 제공할 수 있다면 무척이나 기쁠 것 같다.

소개 작품 일람

＊ 국내에 출간되지 않은 작품의 경우에는 원서 제목을 병기하였습니다

	작가	작품명	수록집(단편의 경우)
1장	에드거 앨런 포	모르그 가의 살인	
	애거서 크리스티	그리고 아무도 없었다	
	엘러리 퀸	샴 쌍둥이 미스터리	
	이마무라 마사히로	시인장의 살인	
	존 딕슨 카	기묘한 사건 사고 전담반	
	시마다 소지	중산모의 이카로스 山高帽のイカロス	미타라이 기요시의 댄스御手洗潔のダンス
	코난 도일	입술 뒤틀린 사나이/얼룩 끈	셜록 홈스의 모험
	엘러리 퀸	이집트 십자가 미스터리	
2장	시마다 소지	본격 미스터리론 本格ミステリー論	본격 미스터리 선언 本格ミステリー宣言
	시마다 소지	점성술 살인사건	
	클레이튼 로슨	지구에서 사라지다 Off the Face of the Earth	
	엘러리 퀸	신의 등불	
	아카가와 지로	삼색털 고양이 홈즈의 추리	
	존 딕슨 카	세 개의 관	
	에도가와 란포	유형별 트릭 집성類別トリック集成	속·환영성続·幻影城
	아리스가와 아리스	아리스가와 아리스의 밀실 대도감	
	애거서 크리스티	ABC 살인사건	

	작가	작품명	수록집(단편의 경우)
2장	요코미조 세이시	악마의 공놀이 노래	
	요코미조 세이시	옥문도	
	히라이시 다카키	누구나가 포를 사랑했다 だれもがポオを愛していた	
	엘러리 퀸	꼬리 많은 고양이	
	나카니시 도모아키	소실! 消失!	
	윌리엄 데안드리아	호그 연쇄살인	
	노리즈키 린타로	사형수 퍼즐/도서관의 책 더 리퍼	노리즈키 린타로의 모험
	도이타 야스지	그린 차의 아이	빨간 고양이 -일본추리작가협회상 수상 단편집
	기타무라 가오루	하늘을 나는 말	하늘을 나는 말
3장	애거서 크리스티	애크로이드 살인사건	
	미치오 슈스케	외눈박이 원숭이	
4장	엘러리 퀸	로마 모자 미스터리	
	S. A. 스티먼	21번가의 살인자 L'Assassin habite au 21	
	아리스가와 아리스	쌍두의 악마	
	아비코 다케마루	카마이타치의 밤	
	세바스티앙 자프리조	신데렐라의 함정	
	쓰즈키 미치오	고양이 혀에 못을 박아라 猫の舌に釘を撃て	
	쓰지 마사키	가제·중학 살인사건 仮題·中学殺人事件	
	오사카 게이키치	애도 기관차とむらい機関車	애도 기관차とむらい機関車

	작가	작품명	수록집(단편의 경우)
4장	렌조 미키히코	화학의 부花虐の賦	초대초야정宵待草夜情
	요네자와 호노부	만원	야경
	나카이 히데오	허무에의 제물	
	가사이 기요시	미네르바의 부엉이는 황혼에 날아오를까?ミネルヴァの梟は黄昏に飛びたつか?	
	루스 렌델	활자 잔혹극	
	기타무라 가오루	설탕 합전	하늘을 나는 말
	코난 도일	빨간 머리 연맹	셜록 홈스의 모험
	온다 리쿠	호텔 정원에서 생긴 일	
	아와사카 쓰마오	호수 바닥의 축제湖底のまつり	
	다케모토 겐지	상자 속의 실락匣の中の失楽	
	유메노 규사쿠	도구라 마구라	
	오구리 무시타로	흑사관 살인사건	
	오사카 게이키치	유령 아내幽霊妻	긴자 유령銀座幽霊
	아와사카 쓰마오	산 자와 죽은 자生者と死者	
	아와사카 쓰마오	행복의 서しあわせの書	
5장	아야츠지 유키토	시계관의 살인	
	다카기 아키미쓰	인형은 왜 살해되는가	
	카터 딕슨	공작 깃털 살인사건 The Peacock Feather Murders	
6장	에마 오르치	구석의 노인 사건집	
	조세핀 테이	시간의 딸	
	다카기 아키미쓰	징기스칸의 비밀 成吉思汗の秘密	

	작가	작품명	수록집(단편의 경우)
6장	이자와 모토히코	숨겨진 황제—덴지 천황 암살사건 隠された帝—天智天皇暗殺事件	
	해리 케멜먼	9마일은 너무 멀다	9마일은 너무 멀다
	애거서 크리스티	화요일 클럽의 살인	
	아이작 아시모프	흑거미 클럽 시리즈	
	쓰즈키 미치오	퇴직형사 시리즈	
	아유카와 데쓰야	검은 트렁크黒いトランク	
	아리스가와 아리스	매직 미러マジックミラー	
	주세페 토르나토레	베스트 오퍼	
	크리스토퍼 놀란	프레스티지	
	크리스토퍼 프리스트	프레스티지	
	마야 유타카	붉은 까마귀	
	미타니 고키 각본	후루하타 닌자부로 시리즈古畑任三郎	
	나가에 도시카즈	출판금지出版禁止	
	나가에 도시카즈 감독·각본	방송금지 시리즈放送禁止	
	프랭크 스톡턴	미녀일까, 호랑이일까?/망설임의 낙담자The Discourager of Hesitancy	
	잭 모핏	미녀와 호랑이 The Lady and the Tiger	
	클리블랜드 모펫	수수께끼의 카드/카드의 수수께끼	
	에드워드 D. 호크	스파이와 수수께끼의 카드The Spy and the Mysterious Card	
	스탠리 엘린	결단의 순간	특별 요리

	작가	작품명	수록집(단편의 경우)
7장	이사카 고타로	러시 라이프	
막간	렌조 미키히코	회귀천 정사	
	렌조 미키히코	러브레터	연문
9장	로버트 저메키스	백 투 더 퓨처	
	시쿠라 지요마루	STEINS;GATE	
	로버트 A. 하인라인	여름으로 가는 문	
	가지오 신지	크로노스 존터의 전설 クロノス・ジョウンターの伝説	
	다카하타 교이치로	타임 리프	
	랜달 개릿	마술사 시리즈	
	야마구치 마사야	살아 있는 시체의 죽음	
	제임스 P. 호건	별의 계승자	
	톰 고드윈	차가운 방정식	SF 명예의 전당 1 : 전설의 밤
	오슨 스콧 카드	무반주 소나타 Unaccompanied Sonata	무반주 소나타 Unaccompanied Sonata
10장	존 딕슨 카	고블린 숲의 집 The House in Goblin Wood	
	요코미조 세이시	악마가 와서 피리를 분다	
	하라 료	그리고 밤은 되살아난다	
	애거서 크리스티	끝없는 밤에 태어나다(끝없는 밤)	
	마거릿 밀러	여기서부터는 괴물 영역 Beyond This Point Are Monsters	

	작가	작품명	수록집 (단편의 경우)
10장	힐러리 워	실종 당시 복장은 Last Seen Wearing...	
	콜린 덱스터	사라진 소녀	
12장	아와사카 쓰마오	DL2호기 사건	아 아이이치로의 낭패
	G. K. 체스터튼	보이지 않는 사람	브라운 신부의 순진
	G. K. 체스터튼	예언하는 개/날개 달린 단검	브라운 신부의 불신
13장	가라타니 고진	일본 근대문학의 기원	

쓰고 싶은 사람을 위한

미스터리 입문

1판 1쇄 인쇄 2021년 11월 15일

1판 1쇄 발행 2021년 11월 22일

지은이 아라이 히사유키

펴낸이 문준식

디자인 공중정원

제작 제이오

펴낸곳 내 친구의 서재

등록 2016년 6월 7일 제2020-000039호

주소 서울시 성북구 정릉로305, 104-1109 우편번호 02719

전화 070-8800-0215 **팩스** 0505-099-0215

이메일 mytomobook@gmail.com **인스타그램** mytomobook

ISBN 979-11-91803-01-3 03800